いつか、あなたと

中川秀樹
（ペナルティ・ヒデ）

幻冬舎

いつか、あなたと

煙草の自販機の前。制服姿のハナ。５００円を入れ、ボタンを押す。

銘柄は何でも良かった。

人気《ひとけ》の無い児童公園。

緊張も罪悪感も無い。

ハナは息を深く吸った。少し間を置いて吐く。白い煙が、宵の明星に向けて立ち昇った。

何の抵抗も後悔も無い。

15歳のハナに在るのは、目に見えない不安と孤独だった。

1

間もなく訪れる大型連休の話題を取り上げた、深夜のニュースを岸田祐介は睨み付けた。若葉寒続く4月。六本木通りに並行する路地の一角にある、老舗の中華料理屋・大蓮。祐介は定位置のカウンターの隅で、今夜も800円のレバニラ定食を頬張っていた。

祐介の他に客は1人。4人掛けのテーブル席に陣取るサラリーマン。男は来店前に相当量のアルコールに浸かっていた。目の前に置かれた瓶ビールと焼き餃子は手付かずのまま。男は背凭《せもた》れに寄りかかり、ヒクヒクと酒臭い息を撒き散らしている。

『今年は女子3人、ゴールドコーストで過ごしまぁす』

茶髪の女が街頭インタビューに応えた。何が面白いのか、ヘラヘラとだらしのない顔付きで笑っている。壁掛けのテレビに向かって祐介が舌打ちすると、勘違いした男が背中越しにクダを巻き始めた。

「オイ、今オレに向かって舌打ちしたろ?」

その粘ついた巻き舌は祐介の耳にも届いていたが、相手になどしない。赤ら顔で呂律《ろれつ》の覚束無い堅気の酔客に、いちいち立腹していたら身が持たない。

「オイ小僧、聞こえねぇのか？」

カウンター越しの大将は広げたスポーツ新聞から首を伸ばすと、やれやれと呆れた顔で肩を竦《すく》めた。

「テメェ聞いてんのか！」

男の怒鳴り声と同時に、祐介の背中に何かがあたった。湿った音と不快な感触。

大将と目が合う。大将は短い眉を八の字にして、溜め息を零《こぼ》した。小さな黒目の奥で何を思うのか、分からない訳ではなかったが、その間も男は暴言を繰り返している。大将から視線を外す。

祐介はグラスのビールを飲み干し、重たい腰を浮かした。

「何だ、何だよ」

１８７センチの長身から男を見下ろす。男は生唾を飲んだ。祐介は脱いだスカジャンを椅子に掛ける。

「や、やんのか……」

男は声を裏返した。Ｔシャツの両袖から見える腕に刻まれたタトゥーを見るや、男は目を白黒させた。祐介は憐れみを込めて薄く笑うと、男の隙間だらけの頭髪を右手で鷲摑みした。

「痛っ！」

男は肩を縮め、苦痛に顔を歪めた。そのまま右手を振り下ろし、男の顔を手付かずの餃子に押し付けた。

「うぐぐ」

男がくぐもった声を漏らす。

祐介は右腕に力を込めると男の顔に餃子を擦り付けた。男は手足を動かしてもがいた。勢いよく髪を引き上げる。空いた左手で餃子の皿をすくい上げ、男の顔面に叩き付けた。陶器が放射状に砕け、男の顔から飛び散る。薙《な》ぎ倒された男の頭を戻す。男の額が静かに割れ、鮮血が鼻筋を流れていく。祐介のTシャツに餃子の肉汁が付着した。祐介は男の鼻に頭突きをした。鼻血を垂らし、白目を剝いた男のスーツから革の長財布を抜く。

「幸和物産……北条典文」

社員証を読み上げて財布に入れ、内ポケットに戻す。男のネクタイを捻るように摑む。血塗れになった男の顔を、そのネクタイで拭う。

「クリーニング代は免除。ココも俺が払っとくから、もう帰りな」

男は突如身に降りかかった恐怖に歯をガチガチと鳴らして頷き、ビジネスバッグを摑むと、顔を覆いながらそそくさと店を出た。大将が床の残骸を掃除し始めた。祐介も膝を折って破片を拾う。

「すみません」

「どうせ安物だ」

「料理、粗末にしてしまいました」

無惨に散った手製の餃子を拾う背中に祐介は詫びた。

「また作り直せばいい。だがな……」

大将は小さな黒目に力を込めた。

「人生はそうもいかねぇぞ」

寂しそうに呟くと、大将は丁寧に床を拭いた。

人生をやり直せるのなら……。そんな途方も無い空想を祐介は何度した事だろう。

息苦しい程の重たい空気の中、祐介は大蓮を後にした。大将は祐介の注文した分、８００円しか受け取らなかった。


フェラーリにはない、品のある低いエンジン音がした。背中から照らされたヘッドライトが、肩を落とした祐介の影をアスファルトに引き伸ばす。シルバーメタリックのアストンマーティン。車は徐行しながら祐介に近付くと、停車した。

後部座席のスモークガラスに映る祐介の姿。

開かれた窓の隙間からコイーバの紫煙がゆっくり立ち昇る。

「大蓮の帰りか？」

祐介が頷くと、武山はバックミラー越しの運転手に、黙ったまま顎の先をドアに向けた。武山の目配せに、助手席の男が車を降り、後部座席のドアを開けた。

「此処で待ってろ」

祐介と向かい合った武山は、舎弟の男に指示を告げると、吸いかけのコイーバをアスファルトで踏み消した。

「もう少し早ければ、お前と食えた訳だ」

「すみません」

「飲み直しに使え」

武山はクロコダイルの長財布から万札を3枚抜いた。

「ありがとうございます。でもその金は大蓮で使って下さい」

「何かあったのか？」

「食器を割ってしまったので」

「分かった。じゃあ、代わりに俺の下で働いてもらおう」

武山は六本木に事務所を構えるヤクザだった。祐介は武山の目を見据えた。

「すみません……」

武山は詫びる祐介の言葉を、敢えて遮るように言った。

「ったく、俺の盃は、それ以上に割られっぱなしだがな」

武山は金を財布に戻すと大蓮の暖簾《のれん》を潜った。

武山を見送ると、祐介は路地裏に足を向けた。

吹き荒ぶ冷たい夜風に背を丸め、ポケットに手を忍ばせた。

平日の午前零時。

タクシーは捕まらず、外苑東通りまで向かい風に吹かれた。

ビル群の大樹の下、くりぬかれた僅かな空を見上げる。

あの月を見ている人間が、この世界でただ独りに思え、祐介は強い憂愁に閉ざされた。

祐介が6歳の頃、祖母・富士子が他界し、母子2人となった。祐介は14歳の時、家計の足しになればとアルバイトを始めた。そのバイト先が大蓮だった。

母・美保子の伝手《つて》で週5日、16時から20時まで働いた。

祐介が店に立った2日目。常連客の1人だった武山が祐介に声を掛けた。冷酒と白菜の漬物を運んだ時だった。

「名前は？」

「岸田です」

武山の刺すような強い眼差しに、祐介は視線を外さずに伝えた。

「下は？」

武山は冷酒を猪口《ちょこ》に注ぎながら続けた。

「祐介です」

「祐介か。俺は……」

「武山さん、ですよね」

祐介は酒を口に運ぶ横顔に告げた。

「大将に教えてもらいました」

武山は背を向けて中華鍋を振る大将に、一瞬だけ目を向けた。

「で、何故中坊が働いている？」

武山は空いた猪口に酒を足した。祐介は此処で働く経緯を話した。黙ったまま、祐介の話に耳を傾けていた武山は徳利の半分を飲むと、冷酒に語り掛けた。

「孝行者だな。お前みたいな優しい奴を産んだんだ。きっといいお母ちゃんなんだろうな」

武山の目は酒にではなく、遥か遠くの故郷に向けられているようだった。祐介は何故かその優しい言葉の向こうに、武山の心に潜む、拭いきれない寂しさのようなものを感じていた。

「母ちゃんの事、大切にしろよ」

爪楊枝を咥《くわ》え、祐介の肩を叩く。

「ご馳走さん」

武山は厨房には届きようのない小さな声で言って、カウンターに万札を置いた。

祐介は慌ててレジを動かした。もたついている間に武山は既に暖簾を潜っていた。釣りを手に追い掛けたが、武山を乗せた車は走り出していた。細い路地裏に放たれたテールランプ。釣りは茶封筒に入れ、レジカウンターの下にしまった。

ワイシャツの胸ポケットには、いつの間にか入れられた1万円のチップ。それに気が付いたのは、家に帰って洗濯機にシャツを放り込む時だった。肩を叩かれたあの時だ。祐介は家にある茶封筒を取り出した。

※

ハナが中等部に進級し、梅雨の匂いがし始めた頃だった。登校するとロッカーに入れてあるルームシューズが無かった。ハナは特に慌てる事もなく、革靴のまま教室へ上がった。

犯人は分かっていた。同じクラスの英里だ。英里は中等部受験で入学してきた。

新学期が始まって2週間が経った放課後、英里は仲の良い者だけで徒党を組む計画を立て、クラスメイト数人に声を掛けていた。

「ねぇ、相澤さん」

教室を出ようとしたハナは廊下の手前で呼び止められた。

「良かったら私達のグループに入らない？」

英里だった。他の３人も同様に企みに満ちた顔付きをしていた。全員が中等部から入学していた。

「グループ？」

「そう、この学校で楽しくやっていく為に」

英里はカールした髪先を耳の後ろにかけながら笑みを浮かべた。

「もう充分楽しいけど」

淡々と返したハナに英里は首を振った。

「今よりも、もっと楽しくするの。そこで幼稚舎から通う相澤さんが必要なんだ。上級生にも顔が利くみたいだし」

「別に」

腕組みをしたまま時計を気にするハナに、英里は笑みを薄くした。

「この学校を仕切る位のグループにする為に、先ずはウチらのクラスで結束を固めるの」

全く興味を示さないハナに少し不満を感じつつも、英里は熱弁を振るった。

「相澤さんを入れたこの5人が幹部として上に立ち、徐々に人数を増やしていく。勿論、最終的にこのクラスの子、全員が私達の下につく。そして学校行事に参加する際に、全ての決定権を持つようにするの。放課後や休日もなるべくグループで集まり、横の絆を深めていく。そうすれば、ウチらのクラスは最強になる。他のクラスも意見を言えなくなるし、先輩に対しても恐れる事はないわ」

言い切った英里は手応えすら感じていたが、ハナの言葉は英里の思いを踏み躙《にじ》るものだった。

「それをして何になるの？」

「えっ？」

「それをして何が楽しいの？」

「何って……」

「はぁ？　何なの、その言い方？」

ニキビ面で長身の船山が凄みながら、ハナに詰め寄った。その身体を英里は手で制した。

「私達と組めば必ずメリットがある」

英里は苛立ちを抑え、伝えた。

「どんな？」

「何かあったら守ってあげられるわ」

「何から？」

「そうね、例えば虐めとか」

「もし組まなかったら？」

「組めば良かったって思うでしょうね」

「虐められるって事？」

「それはご想像にお任せします」

英里の含みのある言い方に、他の3人はニヤついた。

「どう？　今なら幹部よ」

英里は片方の口角を上げたが、ハナの答えは英里の思惑を外れていた。

ハナは冷たい視線を英里に向け、「他をあたって」と抑揚を付けずに言った。そして、その鋭利な言葉を英里の胸に突き刺したまま教室を出て行った。


土足で廊下を突き進むハナ。足元に気が付いた生徒達が唖然として、その姿を見送る。

『1－B』の教室のドアを勢いよく開けると、クラスメイトの視線が一斉に注がれた。その中に談笑する8人のグループ。輪の中心に英里を見つけた。

ハナに気付いた英里は「おはよう」とだけ言って、直ぐに会話と視線を戻した。他の者は素知らぬ顔でハナの出方を窺っている。

前髪をカチューシャで上げた英里の顔に、強い意志と自信のようなものが漲《みなぎ》っている。今も整えた眉を動かし、何かを力説している。

ハナが英里に向かって歩みを進めると、英里の机を中心に集っていた輪が開かれた。

雑談がピタリと止まる。目の前に立ったハナの足元を見て英里は静かにほくそ笑むと、顔を上げた。

「何か？」

英里は言ったが、ハナは席に座った英里を見下ろしたまま口を噤《つぐ》んでいる。

「何？　何なの？」

英里は首を傾げた。

「ちょっと何とか言ってよ」

英里は苛立ちながらも、刺すような視線を浴びせるハナに少しずつ緊張を覚えていた。

「この子、喋れないのかしら？」

英里の一言に皆は笑った。英里は胸に広がる不安を周囲の者に悟られぬよう、余裕綽々《しゃくしゃく》に腕組みをして見せた。それでもハナは微動だにせず睨み続けた。英里は芽生えた恐怖に喉を鳴らした。

「朝からかなりウザいんですけど」

英里は鼻を鳴らした。周囲は小馬鹿にした笑い声でハナを包んだ。

「それは……」

ハナは言って片足を上げた。

「こっちの台詞《せりふ》だよ！」

そう怒鳴りつけると、上げた足を英里の机の上に音を立てて置いた。短い悲鳴が起こり、取り巻きの生徒達が後退りした。静まり返る教室。英里は目をひん剝き、声を絞り出した。

「ど、どういうつもりよ？」

英里は頰を痙攣《ひきつ》らせた。この時ばかりは凹凸のない肌に皺を寄せた。ハナは数秒、そのままの姿勢で睨むと、フッと笑った。英里の唇が異常なまでに震えていたからだ。ハナは足を降ろして自分の机に向かった。

英里は身体を硬くしたまま、正面を見詰めている。始業のベルが鳴る。

異様な空気が教室に充満している。英里を囲んでいた生徒達は気まずそうに席に着いた。ハナは椅子に座ると窓の外を眺めた。灰色に薄汚れた雲が低く垂れて、空全体を暗いものにしていた。

この日からハナは独りぼっちになった。

※

幼少期に父親は死んだと美保子から聞かされていたが、実際には別の女に入れ込んだ挙句、父は蒸発していた。父親の記憶など微塵も無かったので、別段それについて、わざわざ美保子を咎める事もなかった。

美保子は六本木のナイトクラブのホステスとして、祐介と祖母・富士子を養っていた。その店の帰りに常連客と大蓮に立ち寄ったのが縁で、情に厚い大将が快諾してくれたのが祐介のバイトの始まりだった。

放課後、JR大森駅から制服のまま六本木まで通った。小・中学校を通じて友達と呼べる者はいなかった。だからこそ、自分を必要とした六本木を祐介は好きになった。

大将はバツイチだった。若い頃に結婚したが、子供が生まれた数年後、妻は男を作り、子供を連れて出て行ったと、酔った常連客が言った。

祐介は大蓮の酔客達に可愛がられた。武山のように帰り際にチップをよこす者が多く居た。困惑を隠せずにいる祐介に大将は、「厚意を無にするな」とまな板に目を落としたまま言った。

その時から素直に受け取る事にした。

バイト代で母の日にカーネーションの花束とシャネルの口紅をプレゼントした。口紅は美保子がお気に入りの紫がかった派手な色とは違う薄紅色を選んだ。

父の日には、大将に3Lサイズのポロシャツと営業中に必須のタオルを選んだ。美保子はポロポロと涙を溢《こぼ》し、大将は薄《うつす》らと目尻を光らせていた。祐介は働く事の喜びと意味を、この時に知った。

※

美冬は血相を変えて中等部の生徒指導室に現れた。学校に呼び出されたのは幼稚舎から通じて初めてだった。

「この度は娘が大変なご迷惑をお掛け致しました。謹んでお詫び申し上げます」

美冬は深々と陳謝すると、担任の羽田《はねだ》も白髪頭を下げた。40代半ばにして羽田の髪は灰を被ったように白さが目立っていた。羽田に促されて美冬はハナの横に座った。

その間、ハナが美冬を見る事はなかった。ハナは組んだ手をテーブルの上に乗せ、黙ったままその手に視線を落としている。

「怪我を負われた坂口英里さんの具合はいかがでしょうか？」

美冬は蒼白な顔を羽田に向けた。

「保健室の先生が言うには手首を少し痛めた位で、大した事はないそうです」

胸を撫で下ろした美冬に、羽田は事の経緯を説明した。

今日の昼休み、2人は些細な事で口論となり、ハナが英里の肩口を突き飛ばしてしまった。英里は転倒した際に手首を痛めたという。

「一応、本人には病院に行くようにとは伝えたそうですが、そこまでの怪我ではないとの事です」

羽田は美冬を安心させようとしてか、化粧気の無い目元に笑みを浮かべた。

「重ね重ね、申し訳ございません」

美冬は言って、ハナに顔を向けた。

「何故そんな事をしてしまったの？」

美冬は問い質したが、ハナは視線を移さず、口を閉ざしている。

「黙っていては分からないでしょ」

美冬は数秒返答を待った。

「お友達に怪我を負わせてしまった事も、この後のあなたの行動も、全て責任を伴うものなの」

それでもハナは口を開かなかった。羽田が代わりに答えた。

「周囲で見ていた生徒いわく、華さんが坂口さんの態度が気に入らないと絡んだそうです」

ハナは唇を強く噛んだ。

「そうでしたか……」

美冬は悲しそうに溜め息を零した。

「坂口さんご本人とご家族の皆様には、ただただ申し訳ない気持ちでございます。後ほど、直接謝罪に伺わせて頂きます」

ハナは美冬を横目で見た。

「私は娘を信じておりましたが、それが事実であるのでしたら、親である私の責任でもあります」

美冬が頭を下げた時、ドアがノックされた。教室に入って来たのは同じ1年B組で幼稚舎からの旧友・野口希《のぞみ》だった。

大人しい希は威圧的な英里のグループの嫌がらせに巻き込まれていた1人だった。グループに入らなかった者は陰口を叩かれたり、体育の授業中にワザとボールを当てられたり、無視されたりと、陰湿な虐めが羽田の知らぬ所で蔓延《はびこ》っていた。

「失礼します」

希はお下げ髪を垂らした。

「どうしたの？」

希はハナを見やると、羽田に言った。

「あの……相澤さんは悪くないんです」

希は小さな声で伝えた。ハナは驚きに満ちた顔で希を見た。希は真実を羽田に語った。

「坂口さんが……私の事を……その……」

希は口籠った。

「分かったわ。ありがとう」

羽田は希の小さな勇気を察した。

「謝らなきゃいけないのは私の方でした。一方的に話を聞いただけで、お呼び立てしてしまいました」

申し訳なさそうに言った羽田に美冬は首を横に振ると、ハナの手の甲に掌を重ねた。

「いいえ、何も口にしない娘もいけないのです」

「目撃した生徒の勘違いなのか、意図的に華さんに責任を押し付けたのか。きっちりと精査します」

羽田は美冬に誓うと続けた。

「ただ、ちゃんと事実関係を調査しなかったのは紛れも無く私のミスです。その為に華さんを傷付けてしまいました。そしてお母さまにもお忙しい中、お呼び立てしただけではなく、不快な思いまでさせてしまいました」

羽田は立ち上がり謝罪した。

「とんでもございません」

「そして野口さん。教えてくれて本当にありがとう」

羽田は誇らし気に礼を言った。希はお下げ髪を横に揺らした。

「あの……私……」

「大丈夫。此処だけの話にするから」

羽田が微笑むと、希は安心したのか強張った頬を少し柔らかくした。

「失礼します」

「娘の為にありがとう」

美冬は立って感謝を伝えた。希は黙って頭を下げ、ドアを閉めた。

「先生」

羽田はハナの意図を察して大きく頷いた。

「ありがとうございます」

ハナは小走りでドアへ向かうと振り返った。

「お母さん、心配掛けてごめんなさい」

美冬は目を細めた。

「失礼します」

ハナは希の後を追った。

「ありがとう」

昇降口で追いついたハナは、希の背中に言葉を投げ掛けた。夕陽を浴びた希は背中を向けたまま足を止めた。

「私こそ……」

希は革靴に履き替えた。

「……助けてくれてありがとう」

昼休み、英里のグループ5人に囲まれた希は、ネチネチとした嫌がらせを受けていた。ハナは見て見ぬ振りが出来ず、止めに入った。手を出したのは英里だった。ハナは一切手を出していなかった。英里は執拗にハナの肩を小突いた。4度目の時、小突いて来た手を避けると、英里は体勢を崩して転倒した、というのが事実だった。

「じゃあ……」

希は顔を見せずに言うと、夕焼け空の下に歩き出した。

「じゃあね、のんのん」

長く伸びた影に久し振りの言葉を口にした。

足を止め、振り返った希にハナは照れ臭そうに手を振った。それは幼稚舎時代に呼んでいた希の渾名《あだな》だった。オレンジ色に染まったハナに希も頰を赤くしながら手を振った。

「うん、じゃあね、はなっち」

※

15歳になると、一気に身長が20センチ以上も伸び、180センチを超えた。客の1人が高校でスポーツをやるべきだと祐介の背中を叩いた。必ず大成すると豪語され、考えてもいなかった高校受験を意識するようになった中学3年生の初秋。

この時、初めて得体の知れぬ父親のDNAも意識した。この身長は父親譲りなのだろうと、小柄な美保子を見て認識した。そしてバイト代の時給1100円が決して生活費だけではなく、進学を希望させる為の学費を意味するものだと祐介は気が付いた。

とりわけ必死に勉強する事もなく、豊島区内の都立高校に合格した。偏差値は下から数えた方が早い工業高校だったが、美保子は合格通知を誇らしげにアパートの壁に飾った。

大将は合格を聞いたその日からの3日間、大蓮の全てのメニューを半額にした。その気持ちは嬉しかったが、名も知れぬ高校だっただけに、恥ずかしさでいっぱいだった。

合格を伝えた次の日。エプロンを腰に巻くと、大将がぶっきら棒に紙袋を突き出した。

「合格祝いだ」

大将は背を向けた。

「ありがとうございます」

祐介はその背中に戸惑いながら言った。

「開けてもいいですか？」

「好きにしろ」

大将は面倒臭そうに言うと、黙々とスープを作り始めた。ブルーのリボンを解き、丁寧に包装紙をはがす。箱を開けると、中にはキラキラと輝くシャープペンシルとボールペンが並んでいた。

「こんな……いいんですか？」

ガキには不釣り合いな銀の光沢と重厚感。

「厚意を無にするな」

顔に不釣り合いな低い声が祐介の胸に沁みた。このペンでどんな未来を描いていくのか。祐介の瞳はそれ以上に輝きに満ちていた。


入学式の後、ボクシング部に入部した。

恵まれた体格の祐介は様々な運動部から勧誘を受けたが、団体競技のような協調性を重んじるスポーツより、大部分を個人の努力でまかなえ、黙々と打ち込める格闘技の方が性に合っていた。

新入生は僅か5名。3年生が2名、2年生が3名。この時代に殴り合いを好む者など少ない。朝練が午前7時15分から8時、放課後練習が16時から18時。土日は練習もしくは対外試合。必然的にバイトは辞める事になった。

バイト最後の夜、大将は「やるからには上を目指せ」と肩を叩き、プレゼントとしてジャージを手渡した。

その期待に応えようと、祐介は誰よりも早くジムに行き、誰よりも多くサンドバッグを叩き、誰よりも長くランニングをした。

4月が終わると先輩達が掌を返したように祐介達への扱いを変えた。練習が厳しくなるのは構わないが、2年生の堀田による執拗な嫌がらせ——意味なく正座させられたり、口にタオルを咥えさせられての人間サンドバッグなど——に耐え兼ねて、5月に1名、翌月に1名の1年生が退部した。

心が折れそうな時もあったが、必死に乗り越えた。苛酷な環境の下、共に闘う2人の1年生の存在も大きかった。

7月になるとスパーリングが許され、リング上の堀田が1年生をスパーリングの相手に指名した。

トップは池田。緊張に包まれる中、池田はボディを1発喰らって僅か7秒でダウンした。堀田はマウスピースを剥き出しにして嘲笑った。

続く増永も粘りを見せたが、最後はカウンターのショートアッパーで敢え無くマットに沈んだ。祐介は素早くロープを潜ると、増永のヘッドギアを外した。黒目が小刻みに揺れている。慎重に担ぎ上げて、氷嚢《ひょうのう》を額と首筋にあてた。

「そんな奴は放っとけ。それより池田、ポカリ買ってきてくれや。スパーつけてやったんだから、お前の奢《おご》りでな」

顧問は不在だった。堀田は池田に目を付け、細々とした金をたかっていた。祐介は買いに行こうとした池田の腕を掴み、首を横に振った。堀田は余裕綽々でヘッドギアを外し、リングを降りようとした。祐介はその行く手を阻むように面と向かった。

「ラストは俺ですよ」

祐介は抑揚をつけない言い方と、俺という表現で堀田を挑発した。部内では先輩に対して「自分」と名乗るのがしきたりだった。

「ああ？　何か言ったか？」

堀田はグローブを広げて耳の後ろにあてた。祐介は黙ってヘッドギアを被る。

「何だって言ってんだろがっ！」

荒らげた声にも答えず、グローブを付けてリングインした。そこに居た全員が手を止め、2人を注視している。

「テメエ……」

堀田は目を充血させて怒りを露わにした。祐介は淡々とシャドーを開始した。

「面白《おもしれ》ぇじゃねぇか、鳴らせ」

堀田の指示に池田は慌ててゴングを鳴らした。乾いた音がジムに響くと同時に、堀田は勢いよくコーナーから飛び出した。祐介の中で眠っていた闘争本能が覚醒し、堀田を黙らせるのに1ラウンドも必要なかった。堀田は連打を浴びた末、マウスピースを吐き出し、腹を抱えたままリングに膝をついた。

「覚えてろ……」

堀田は静まり返ったジムに捨て台詞を残して出て行った。称賛する部員達を他所《よそ》に、祐介はリングに向かって一礼し、トレーニングに戻った。

そこに喜びは無かった。ただ漠然とした虚しさだけが胸に広がった。

次の日、ジムに堀田の姿は無かった。祐介は気にしつつも、通常通りに汗を流した。その日は無事に終わったが、異変が起きたのは明くる日だった。

部室にある祐介のロッカーが滅茶苦茶に荒らされていた。鍵はドライバーのような物でこじ開けられ、ドアの上部が飴細工のように折り曲げられている。中にあったリングシューズがズタズタに切り刻まれ、放り投げられていた。池田も無残に転がるシューズを見て立ち竦んだ。

祐介はシューズをゴミ箱に破棄し、笑って見せた。池田も増永も同じ種類の沈んだ表情で、強がる祐介にかける言葉を失っている。

「そんな顔すんなって。さぁ、先輩達が来る前に準備だ。あと、悪いがアップシューズ余ってたら貸してくれないか」

バッグからジャージを出して着替える。堀田は朝連には来なかった。鉛を飲み込んだような不快感。堀田の嫌がらせがこの程度で終わる筈が無い。祐介に忍び寄る実体の無い不安は、その日の放課後に姿を現した。部室に入ると、口の周りを血に染めた池田が蹲《うずくま》っていた。

「池田！」

「大丈夫だ……」

池田は肩で息をした。

「ネズミの野郎……」

祐介達は『ねずみ男』に似た堀田を陰でそう呼んでいた。

濡らしてきたタオルを渡す。池田はタオルを口にあてると、鋭い痛みに眉根を寄せた。ボディにも喰らっていて、左手で脇腹を摩《さす》っている。

「また金を？」

祐介が覗き込むと池田は目を逸らした。

「何を隠している？」

逸らした瞳の奥を祐介は覗いた。

「別に……」

池田はその追及を避けるようにタオルで目元を覆った。

「俺が原因だな」

池田は黙した。それが答えだ。祐介を庇って殴られたのだ。

「ネズミは？」

池田は無言を貫いた。

「奴は何処に？」

池田は何も口にしなかった。

「何処に行く？」

ドアに向かう祐介を池田は呼び止めた。

「祐介！」

祐介は後ろ手にドアを閉めた。

向かった先は体育館裏の自転車置き場。校舎と公道から死角となるそこは、不良達の喫煙スペースとなっていた。今も5人がしゃがみ込み、一服している。まさにネズミの巣穴だ。近付くと赤毛の見張り役が睨みを利かせた。「何だテメェ」と、赤毛が立ち上がる。その声に堀田が顔を向けた。

「おお、我が後輩じゃねぇか」

咥え煙草で堀田は見上げた。煙がゆっくりと堀田の顔を這うと、細い目を更に細くした。赤毛は唾を吐きながら膝を折ったが、テリトリーに踏み込んだ闖入者《ちんにゅう》に警戒心を解いた訳ではない。鋭い眼光は祐介の全身に絡みついたままだ。

「吸うか？」

堀田はワイシャツの胸ポケットからマルボロを差し出した。

「消して下さい」

「泣けるじゃねぇか。体を気遣ってくれるなんてな」

堀田は黄色い歯を見せた。フィルターは前歯で潰されている。

「それが原因で大会に出られなくなったら困るからです」

「テメエ、なめてんのか？」

堀田の代わりに金髪が立ち上がろうとした。堀田はそのズボンの裾を摑んだ。

「カッカすんなよ。なめてんじゃなくて、コイツ馬鹿だから礼儀を知らねぇんだ」

堀田はニヤついた。

「甘《あめ》ぇなぁ。こんな生意気な奴、サッサとボコッちまえばいいだろうが」

巨漢が堀田を煽《あお》った。祐介は巨漢に視線を向ける事なく、また堀田も祐介を見たままだった。

巨漢は吸いかけの煙草を祐介の顔に目掛けて指で弾いた。祐介は堀田と交錯した視線を逸らす事なく、首だけを傾けて飛んできた煙草をかわした。

「なかなかの動体視力じゃねぇか」

堀田は拍手をし、巨漢を見やる。

「お前こそ、逆にボコられちまうんじゃねぇのか」

その一言に周囲の輩がニタニタと下品な笑みを浮かべた。

「笑わせてくれるじゃねぇか」

巨漢は鼻息を荒くして立ち上がった。

「やってみろや、ガキが」

巨漢は脂ぎった顔を祐介に近付けて凄んだ。

「何とか言えや、コラ」

巨漢は奥歯をギリギリと鳴らした。頬肉で圧迫された細い目は切り傷のようだ。

「たまには歯磨いた方がいいっすよ」

「テメェ！」

顔面をマグマのように紅潮させた巨漢は、怒りを露わにして祐介に殴りかかった。その拳を祐介は効率良く避けた。棍棒のような腕を左右に振るが、パンチは空を切った。

「やめとけ、やめとけ。当たりゃしないって、ケケケ」

堀田が火に油を注ぐ。巨漢は激怒しながらパンチを繰り出すが、一つも当たらない。祐介にとっては年端も行かぬ子供相手に遊んでいるようなものだ。巨漢は力尽き、その場にへたり込んだ。

「だから言ったじゃん」

堀田は煙草を空き缶に捨てると唾を吐いた。祐介はゆっくりと堀田に向き直る。

「何だ、今度は俺とやりてぇのか？　ただよ、此処はリングじゃねぇからな」

堀田はポケットに忍ばせたナイフを祐介だけにチラつかせた。

「池田には手を出さないで下さい」

「ほぉ、熱いねぇ」

「俺のロッカーを滅茶苦茶にするのは構わないので」

「ロッカーがどうしたって？」

堀田は惚《とぼ》けた。

「とにかくやめて下さい」

「やめなかったら？」

堀田は口元を緩めた。蟬がジリジリと鳴いた。

「練習があるので失礼します」

祐介はその場を離れた。背中に粘り着く視線を感じる。耳を研ぎ澄ませながら慎重に歩く。堀田の動きを拾い集めようと神経を尖らすが、耳に届くのは蟬の声のみだ。

体育館の角を曲がる。身体中に巻きついていた緊張の糸が緩み、解放されていく。背中の汗が腰まで垂れ落ちる。どんよりとした熱風が吹くと、ワイシャツがビニールのように腹にへばり付いた。長い夏になる……そんな気がした。

4歳の頃、自転車が欲しくて美保子にねだった事がある。身支度中の美保子は「何でもかんでも人の物を羨ましがるんじゃないの」と一蹴し、オーデコロンをシャワーのように体に振り撒き、陽が傾き始めた街へと出掛けた。祐介はその場に俯せになり泣きじゃくった。

頬を照らす強い西日に目が覚めた。僅かばかりの時間、泣きながら寝てしまっていた。ゆっくりと体を起こす。台所に立つ富士子の後ろ姿に背を向ける。畳の痕が残るむず痒い頬を擦る。

「もう少しでゴハンの時間だよ」

部屋の隅で膝を抱えていると、割烹着姿の富士子が肩にそっと手を置いた。

「ねぇ、おばあちゃん」

膝に埋めた顔を上げる。頬には乾いた涙の跡が残っていたのか、富士子は濡らしたティッシュで優しく拭いながら陽だまりのような微笑みを浮かべた。

「なんでぼく、びんぼうなの？」

「どうしてそんな事を聞くの？」

富士子は寄り添うように正座をした。

「けんちゃんがいってたよ。ぼくは、びんぼうだって」

近所に住む2歳年上の子だ。富士子は祐介の髪を撫でながら言った。

「ごめんよ、嫌な思いをさせて。でもね、お母さんも祐ちゃんの為に一生懸命頑張ってるんだよ」

富士子は祐介が不憫で、身を切られる思いだった。

「なにをがんばっているの？」

「お仕事だよ。祐ちゃんやおばあちゃんがゴハン食べられるのも、お洋服着られるのも、みんなお母さんが夜遅くまで働いてくれているからなんだよ」

「あさはたらけばいいのになぁ。そしたらよるいっしょにごはんたべられるし、おふろもはいれるのに」

祐介は膝を抱えたまま、尻を軸に揺りかごのように身体を揺らして拗ねた。

「お母さんも祐ちゃんと同じ気持ちだよ」

「ほんとに？」

祐介は富士子の腕にしがみついた。

「自転車が欲しいの？」

祐介はコクンと頷いた。

「祐ちゃんが良い子でいたら、きっと神様がプレゼントしてくれるよ」

「ほんとに？」

「本当だよ。だからお母さんを困らせたり、お友達と喧嘩しちゃダメだよ。ちゃあんとお天道様が見てるからね」

「おてんとさま？」

「そう。神様の代わりに、お天道様がいつも、祐ちゃんを見ているの」

「ふーん」

部屋に射し込む西日。小さな埃がキラキラと浮遊している。ちっぽけな人間も太陽の下、懸命に生きていればキラキラと輝ける瞬間があり、陽の目を見る人生を送れるという事なのか。幼少期にそんな事を考えられる筈も無いが、その日から良い子になろうと祐介は誓った。

大きな声での挨拶や返事を心掛けた。服も布団も畳んだ。靴下もパジャマも1人で着た。アパート脇の小さな花壇に水をあげた。すると奇跡が起きた。

富士子に手を引かれて幼稚園から帰ると、アパートのドアの前に新品の自転車が置いてあった。補助輪付きで、チェーンカバーにはテレビで人気の戦隊ヒーローの写真が印刷されている。

「これぼくのなの?」

後輪のカバーには平仮名で祐介の名前が書かれていた。祐介は富士子を見上げて着物の袖をつかんで何度も揺らした。

「良かったね。いい子にしてたからだね。本当に良かったね」

富士子は自分の事以上に喜んだ。今でも祐介は、その顔を鮮明に覚えている。富士子の言い付けをどんな時も守り抜いたからだ。例えば、自転車が来る3日前の事。

アパートの前の小さな児童公園で、祐介は遊んでいた。祐介がブランコで揺れていると、3歳位の男の子がよちよちと近付いて来た。漕ぐのを止めて「のる?」と、声を掛けてみた。

「ショウちゃん順番よ」

母親はショウの手を取ろうとした。祐介は「どうぞ」と、手を差し出した。

「ありがとう。じゃあ乗らせてもらおうね」

「おいで」

ショウの手は小さな水風船のようだった。ブランコの次は滑り台で一緒に遊んだ。兄弟が欲しい。祐介はいつもそう思っていた。

「さっ、ショウちゃん。そろそろバイバイよ」

実の兄弟のように過ごした時間は、背の高さより伸びた影によって終わりを告げられた。ショウは宇宙に存在を示す位に大声で泣いた。祐介は頭を撫でてあげた。

暫くするとショウはヒクヒクと鼻を啜りながら泣き止んだ。そして「また遊ぼうね」と、短い小指同士を絡ませた。母親はお礼と言ってバッグから袋入りのグミを出した。お天道様の手前「いらない」と言ったが断り切れず、祐介は受け取る事にした。

母親と手を繋いだショウは何度も祐介を振り返った。左右に振った小さな掌は夕陽を浴びた紅葉のように透き通っていた。

向かいの屋根に落ち始めた夕陽。動きを止めたブランコ。

秋の透明な空気を頬に感じた。クレヨンでは塗り切れない広い空に、鰯雲《いわしぐも》が何百匹も泳いでいる。

何気なく目を向けた公園の向こうの出入口から女の子が歩いて来た。女の子は長い影と重い足を引きずりながらベンチに座った。

祐介は女の子のいるベンチに足を向けた。落とした視線の先に止まった祐介のくたびれたサンダルを見て、女の子は顔を上げた。

「どうしたの？」

円《つぶ》らな瞳が夕陽に潤んでいる。

「ままにおこられたの」

女の子は小さな声を震わせた。

「おかたづけしなかったから」

女の子は猫のキャラクターがデザインされているピンクのサンダルを、空中でプラプラと揺らした。

「なんさい？」

女の子は指を4本立てた。祐介と同い年だ。

人形を片付ける事なく、次の遊びをしていた。再三に亘《わた》る注意も聞き流していたら、玄関の外に閉め出されたという。大声で泣き叫び、何度も許しを乞うもドアが開く事はなく、途方に暮れて此処にやって来た。祐介にも同様の経験が何度もあった。

「ままにあやまろう」

女の子は頭を強く横に振った。

「いっしょにいってあげるから」

戸惑いながらも女の子は来た道を戻った。

下町風情が漂う商店街。近所の主婦や学生らで賑わっている中を、2人はとぼとぼと歩いた。

同じくらいの歳の子が、母親とお喋りしながら通り過ぎる。スカートの裾を弾ませ、買い物に付き合ったご褒美なのか、手にはアポロチョコ。祐介の心に寂しい影が落ちた。それは女の子も一緒のように見えた。

「たべる?」

祐介はグミを差し出した。女の子は髪が左右に広がるほど首を振った。

「しらないひとから、もらっちゃだめって、ままがいってた」

「えらいね」

その一言が女の子の表情を柔らかいものに変えた。

「おかあさん、すき?」

「すき」

「おとうさんは?」

「すき」

女の子は大きく頷いた。

「あそんでくれるから」

「なにしてあそぶの?」

「いろいろ」

「かたぐるまは?」

「すき」

「いいなぁ」

「どうして？　かたぐるましてくれないの？」

「ぼく、おとうさんいないんだ」

「なんで？」

「しらない」

女の子は不思議そうな顔を祐介に向けた。

何故自分だけ父親が居ないのか、祐介も分からなかった。父親がいないという事実で1つだけ理解していた事は、他の子よりも貧乏だという現実だけだった。

それが理由で馬鹿にされる事もあった。旅行した記憶もない。自家用車など無かった為、家族で海や山などに遠出をした経験も無かった。

だが車よりも憧れていたのは肩車だった。肩車で公園や商店街に行くのが祐介の夢だった。世界で一番乗り心地も見晴らしも良く、大きくて頑丈な乗り物は父親の肩車だと、他の子を見てそう思っていた。

「ここ？」

マンションを指差すと女の子は頷いた。

そこは低層の3階建てで、ワンフロアに1住戸しかない、この界隈で最も高級なマンションだった。

ホテルのようなエントランスを入ろうとした矢先、道の反対側から血相を変えた大人が走って来た。女の子は硬直した。

「何処行ってたの！」

女の子の母親だった。女の子は体をビクッとさせ、目を強く閉じた。

「ママ、本当に心配したのよ」

膝を曲げて頭を撫でると、女の子から大粒の涙が溢れ出た。母親は吊り上がった眉を八の字にして、安堵の溜め息をついた。母親の目尻が夕陽に光った。

「ごめんなさいね。わざわざ連れて来てくれたのね。本当にありがとう」

頭を下げた母親に、祐介は貰ったグミの袋を差し出した。

「あげる」

「ダメよそんなの。お礼をしなきゃいけないのは、おばさんの方なんだから」

「グミいらないっていったよ。おやくそく、ちゃんとまもってえらいからあげる」

女の子は母親をじっと見た。母親は少し迷っていたが、ふうっと息をついて微笑んだ。

「じゃあ、戴くわね。ありがとう」

母の許しを得ると女の子は鼻を啜りながら「ありがと」と、嬉しそうに受け取った。

「ぼく、かえる」

立ち去ろうとした祐介を母親は引き留めた。

「今度ちゃんとお礼をしたいから、お名前教えてもらえないかしら」

「おれいって、なあに?」

祐介は意味が分からず尋ねた。

「どうもありがとうって、おウチの方にご挨拶しに行く事よ」

祐介は女の子の住むマンションを見渡した。自分の住むアパート1棟が丸々すっぽり入ってしまうほど広いエントランス。美保子と違って母親がちゃんと夕方家に居る。更に父親も居て、肩車で遊んでくれる。女の子は自分に足りないものを全て持っている気がした。

「ぼく……おれい、いらない」

祐介の心に影が差す。急に自分の生い立ちに負い目を感じた。ウチのアパートを見たら笑うに違いない。

「そう……じゃあ、おばさんにお名前だけ教えてもらえないかな？」

俯いた祐介の目線に合わせようと、母親は膝に手をつき、笑みを浮かべた。

「……です」

迷いながらも小声で伝えた。

「ごめんなさい、もう1度……」

聞き取れなかった母親が尋ね直した途中で、祐介は背を向けて走り出した。

「あっ、ちょっと待って！」

「ばいばい！」

女の子が背中に呼びかける。祐介は振り返らず、走りながら「ばいばーい！」と、空に向かって大声で答えた。

「気をつけて帰ってね！」と、母親の声が辛うじて祐介に届いた。

角を曲がると走るのを止めた。息を整え、ゆっくり歩く。

オレンジ色に塗り潰された商店街に、人々の長い影が忙しなく交差している。

人は顔も姿も身なりも貧富の度合いもバラバラなのに、何故か影だけは区別なく黒で統一されている。太陽の下ではみな平等という事を示しているのか。

この黒い影の1つに、顔も声も名前も知らぬ父親が紛れ込んでいるかも知れない。でも、影を見ていた所で、父親を見つけ出す事など到底出来やしないし、人は顔を上げ、前を見て生きていかなければならない。

あの頃の祐介に、そんな思考回路などは存在していないが、何となく善を積んだような気がしていた事は覚えている。

そして居る筈の無い父親の影を踏まぬよう、覚えたてのスキップをしながら家路を急いだ。


「のっていい？」

富士子は微笑んで頷いた。

グリップを握る。夢を摑んだような感触。

サドルに座る。ペダルを踏み締める。この時を夢見ていた。その思いがチェーンに伝わり、車輪がゆっくりと回転した。

「おばあちゃん、みて！」

富士子は嬉しそうに手を叩いている。

「うごいたよ！　おばあちゃん、みて！」

富士子に通園バッグを預ける。

「おばあちゃん、こうえんいっていい？」

「いいよ」

ハンドルを切る。徐々に加速する自転車。祐介のボルテージも上がっていく。全身に秋風を受ける。味わった事のない疾走感に胸は高鳴り、心は躍った。

太陽は見ていた。善行には褒美が、悪行にはバチが待ち受けている。疾風の如く駆け抜ける自転車。太陽が建物の向こう側に隠れるまで漕ぎ続けた。そして鮮やかな夕焼け色が少し落ち着いて、群青の空に宵の明星が瞬いた。祐介はその空に向かって手を合わせた。以前は物悲しい西日に染まる部屋の片隅で、父親の居ない貧乏な家に生まれた運命を呪って泣いていた。

だが今は違う。太陽を味方に付けるのも見放されるのも、顔を向けるのも背けるのも自分次第という事だ。後に自転車は太陽や神様からの褒美ではなく、富士子が僅かな年金で買い与えてくれたものだと知った。

※

花の香りを含んだ柔らかい春風が髪を踊らす。昨日、卒園式を終えて春休みを迎えていた。そして今日、小学校に入るタイミングでこの街を離れる。

隣町に住みながら、あの美しい夕焼け空の日から1度も逢う事はなかった。特別なものに変わったこの街を離れる最後の日。出発までの30分だけ時間を貰い、公園へと向かった。

小さな公園には朝から子供達の笑顔が咲き誇っていた。ベンチに座る。あの日、此処から全てが始まった。

胸に飛来した不思議な花の種。その日の夜には芽生え、少しずつ成長していった。

目の前を走る男の子。縄跳びをする女の子。サッカーボールを追いかける男の子。目当ての顔が見つからない。見上げた空に飛行機雲。何か良い事がありそうに思えた。

ブランコに乗る小さな男の子。一輪車で駆け抜けるリボンの女の子。あの日のサンダルが見つからない。公園の時計。もう少しだけ待ってみる。

人は増えたが、男の子は来なかった。時計の針が帰る時間を指した。大きな溜め息を吐いて、ベンチを立つ。ふと目の前のアパートに目がいく。緑色の物干し竿。風に揺れる白いタオルの下に小さなサンダル。喜びの声が思わず溢れた。

近づいてみる。それは紛れもなく、あのくたびれたサンダルだった。玄関の横には自転車。きっと、あの男の子の自転車だ。後輪のカバーに名前が書いてある。

「きしだゆうすけ……くん」

春を待ち侘びていた胸の中にある小さな蕾《つぼみ》が、少し綻《ほころ》んだ。

耳を澄ます。家の中から音はしない。心臓がドキドキと鳴っている。思い切ってドアをノックしたが、返事はない。

公園の時計。家まで走らないと、ママと約束した時間を過ぎてしまう。もう1度ノックしたが一緒だった。

寒波に見舞われた2月14日。急いで学校から帰り、制服を着替えて自転車に乗った。前カゴにはピンクのリボンが付いた紙袋。中には手紙とハート形のチョコレートが入っている。それは初めての手作り、初めてのプレゼント。

会ったのはたった1度だけ。それなのにチョコレートを渡そうとしている。名前と住んでいる場所しか知らない。歳も小学何年生かも分からない。それなのに逢いたいと心から願っている。それはまだ、自分自身も気付いていない初恋という病だった。

白い息を切らし、家を出て30分が過ぎた頃、見覚えのある商店街が見えてきた。もうすぐ逢える。ペダルを漕ぐ脚にも力が入る。

公園が見えた。心がざわつく。自転車を公園の入口に止める。人影はない。傾きかけた太陽。冷たい風に吹かれた落ち葉が足元で輪を描く。まるであの日のように。

思えば、母親に叱られ、行くあてもなく訪れた場所。だが、もし今此処で、再び出逢えたならば、最初の出逢いも偶然ではなく、出逢うべくして導かれた運命だと思える。

あの時と同じ色褪せたベンチに腰掛けて、心を落ち着かせる。手袋を外し、祈るように指を絡ませる。目を閉じると、風が耳を擽《くすぐ》る。

細く息を吐き、静かに目を開ける。そこには冬の景色だけが広がり、ゆうすけの姿はなかった。祈りは通じなかった。

アパートに目を向ける。そこも変わらぬ風景。洗濯物は干されていない。意を決してアパートへ足を運んだ。

玄関ドアの前に立ち、違和感を覚えた。慌ててドアをノックする。ドアが開かれて愕然とした。顔を出したのは大学生風の男。

「誰？」

ボサボサの頭を掻きながら男は言った。

「きしだゆうすけくんのおウチですか？」

「違うよ。前の住人かな、それって」

男は欠伸《あくび》をしながらドアを閉めた。

頭の中が真っ白になった。名前を知るきっかけになった自転車はなく、その横に置かれていた洗濯機も別の種類に変わっていた。

肩を落としてベンチに戻る。今日漸《ようや》く、胸の中で咲く筈だった花は蕾のまま、また長い冬の続きを過ごす事になった。

少しずつ沈む太陽がベンチに長い影を生む。眩い光の中、白い溜め息が咲いた。

手に残った紙袋。小さなクラフトボックスのリボンを解く。ハート形のチョコレート。喜ぶ顔が見たかった。

甘いチョコレートは独りぼっちの夕暮れの中で、ちょっぴりビターなものとなった。

※

大型の台風が西日本から迫り来る夏。灰色で厚みのある、雨を含んだ雲が不安を助長させていた。

「先輩どうしたんですか、それ……」

1年の岡村が目を見開いている。

「来たらやられていたんだ」

代わりに池田が答える。

「誰にですか？」

「ネズミに決まってんだろ」

後輩達は切り刻まれたジャージに顔を顰《しか》めた。堀田の嫌がらせは祐介たちが2年になっても続いていた。

この日、壊れた部室のロッカーを開けると、大将から貰ったジャージが見るも無惨に切り裂かれていた。賽《さい》は投げられた。


「チワス！」

1年生の挨拶と池田の目配せで、入室して来たのが堀田だと分かった。祐介はシャドーを続けた。

「あれ、あれれれ？」

堀田が甲高い声を上げた。

「どうした、そのカッコ？」

堀田は舐め回すように祐介の周りを1周すると、下卑た笑みを浮かべた。

「車にでも轢かれたのか？」

覗き込んだ堀田の顎の下にショートアッパーを入れる。スピードに目が追いつかなかったのか、堀田は声すら上げず、生唾を飲んだ。祐介は一瞥して、シャドーに戻る。

「テ、テメエ……」

堀田は奥歯を鳴らした。

「なめてんのか、ああ？」

堀田は祐介の横顔に言い放つが、祐介は構わず左右の拳を出し続けた。

「なぁ！　コイツ耳おかしいんか！」

堀田は虚勢を張るように大声を出したが、誰も答えなかった。

「池田！　テメェもシカトかっ！」

池田は硬直したまま俯いた。

「いい度胸じゃねぇか」

池田のボディに拳をねじ込もうと堀田は右肩に力を入れた。

「やめろ！」

祐介は鏡越しに叫んだ。張り詰めた空気の中、堀田は動きを止め、鋭い眼光をゆっくりと祐介に向けた。

「ネズミが……」

そこに居た全員が驚きの表情を浮かべた。

「小僧、何て言った？」

「ネズミだよ。テメェこそ耳おかしいんじゃねぇのか？」

「面白ぇ、表出ろ」

「此処でいいだろうが。外だとセンコーが止めてくれるからか？」

「貴様……」

堀田は怒りに震えた。祐介は攻撃に備え、全身の筋肉をニュートラルにした。

「うぉぉぉ!!」

堀田が襲い掛かる。怒りに任せた大振りの右フックを、祐介はスウェーバックでかわし、開いたボディに1発を捻り込んだ。

「うっ……」

堀田は低い声を洩らした。間髪を容れず、左のこめかみに拳を叩き下ろす。

ガクンと膝から崩れ落ち、堀田は両手両膝を床に突いた。

「今のは池田の分だ。立てネズミ」

「クソが……」

堀田はタックルをしたが、祐介は見切っていた。避けられた堀田は勢い余って大の字に倒れた。

祐介は呼吸を整えた。

堀田は静かに立ち上がると、ポケットからバタフライナイフを抜いた。

「プライドゼロだな」

「殺してやる」

ジリジリと蟬が鳴く。

堀田のタンクトップから覗く、僧帽筋と三角筋の動きに集中する。パンチを繰り出す瞬間、脳からの電気信号を受けたこの筋肉が反応する。その堀田の致命的な癖を1年生の時に見抜いていた。

グラウンドに響く金属バットの音。蟬の声がぴたりと止んだ次の瞬間、堀田の右の僧帽筋が盛り上がり、連動して三角筋が波打つ。右手が返され、祐介の顔を目掛けて腕が伸ばされた。膝を曲げてダッキングする。ナイフが頭上スレスレを抜ける。

堀田はフェンシングのように何度も突くと、遂にナイフが二の腕を捉えた。

堀田はジャージの切れ間から覗く鮮血に小鼻を膨らませた。

祐介は肩で息をした。

「心拍数上がってんじゃねぇのか」

「お喋りなネズミだ」

「テメエこそ、口の減らねぇガキだな」

「刃物が無きゃ喧嘩も出来ねぇ奴よりマシさ」

「殺してやる」

「殺《や》れんのか、根性無しが」

「殺ってやんよ。死ねコラッ!」

祐介は眉を顰《ひそ》め、奥歯を噛んだ。堀田は血に染まる前歯を見せつけた。左肩から鳩尾《みぞおち》にかけて斜めに斬られた。肩口が熱を帯びる。堀田が左手首をスナップさせた。咄嗟に左腕でガードする。

「死ねぇぇぇ!」

殺られた……誰もがそう思ったに違いない。

「貴様……」

堀田は目を見開き、呟いた。心臓を突き刺されそうになる瞬間、祐介は右の掌でナイフをブロックしていた。

手の甲からナイフのポイントが血と共に飛び出す。ナイフをフィンガーガードごと握り締める。掌全体が焼け石を掴んだように熱い。

恐怖に慄き、ナイフを放した堀田の右腕を締め上げ、左の裏拳を鼻に叩きつけた。

そして締めた腕をそのまま捻り上げ、体を空中に浮かし、その肘に全体重を掛けた。

「ぬおおおおおお！」

堀田の苦悶の声が響き渡った。確実に腕は折れていた。

死闘は終結した。

血に染まった左腕を庇いながら起き上がる。右の掌にはナイフが刺さったまま、赤い雫を流している。足元に転がる堀田。死闘の一部始終を傍観していた部員達が、凍り付いている。

現実への意識が薄れていく。祐介はゆっくりと仰向けになり、目を閉じた。


数日後に分かった事だが、堀田の祖父が警察関係のOB、父親が大手企業の重役、母親が都教育委員会の実力者だった。つまり権威ある一族が事件性を揉み消し、事故として扱うよう秘密裏に動いた。部員達には箝口令《かんこうれい》が敷かれ、全校生徒や保護者にも徹底した捏造を信じ込ませた。

引き換えにボクシング部は2週間の活動停止で済んだ。もう誰一人として、この話をする者は居なかった。

由緒正しい家柄を微塵も感じさせない堀田は、今までどんな思いで生きてきたのだろうか。大人達は堀田を守ったのか、それとも堀田家を守ったのか。そんな堀田は入院期間中の4週間をそのまま停学処分とされた。

祐介は入院する事なく、全治2ヶ月と診断された。自宅療養中、学校に呼ばれ、やんわりと自主退学を促され、それに同意した。

茫然自失のまま校長室を出て、部室へ向かった。

既に自分の居場所は無く痛烈な距離を感じる。

グローブを手にする。革は変色し、表面のコーティングがひび割れて所々剝がれている。このグローブで何を打ち破ろうとし、何を摑もうとしていたのか。

込み上げる感情を抑え、戻る事のない校舎に背を向けた。

※

週末の西麻布。ふと見上げたビル。ハナはネオンサインに身を委ねた。人も疎《まば》らな雑居ビルの8階。

エレベーターを降りると、薄暗い空間の正面に、中世ゴシック様式を彷彿とさせる重厚なドアが出迎える。ピッチ・パインかチークの一枚板の無垢材であろう、その堂々たるドアを開けると、エレベーターホールより暗い照明の異空間が広がる。

目線の高さには淡い暖色のシャンデリア。吹きぬけの店内は、入口のある8階が個室とレストルームに、階下の7階がバースペースとなっている。ヒールの音が消えた足元には深紅の絨毯《じゅうたん》が敷かれ、その延長にあるL字形の絨毯階段を下りる。

8脚のストゥールに客の姿はない。その左端に座る。

「いらっしゃいませ」

差し出された赤と緑のコースターには白抜き文字で『Lua Crescente』と印刷されている。ポルトガル語で三日月。

「ドライマティーニを。オリーブは別で」

「かしこまりました」

シックなスタイルのバーテンダー。その声は店同様に落ち着いていた。静かな店内。クラシックジャズがタンノイのスピーカーから囁いている。

階段の下には大きな窓があり、バルコニーへと続いている。クラッチバッグを手に窓を開ける。空気が冷たい。その夜気と都会の熱気が混ざり、生温かい風がハナの髪を靡《なび》かせた。

取り出したピアニッシモに火を点ける。眼下に広がる街。オレンジ色の首都高が高層ビルの合間を縫って流れている。

「こちらでお飲みになりますか？」

バーテンダーはガーデンテーブルにオリーブを添えて置いた。冷えたマティーニを口に含む。不安定な心を癒す薬。溜め息を溢す。

ふと見上げた空に白い三日月。今にも消え入りそうなあの月を、他に見ている人が居ない位静かな都会の夜。居たとしても、その人と出逢う事は決してない。たとえ、同じ感情であの月を見ていたとしても。

小さな棘《とげ》が刺さったまま生きているような毎日。ハナは17歳の誕生日を独りで祝った。

※

高校を中退した祐介は再び大蓮で働いた。大将は何一つとして咎める事はなかった。祐介は寸暇を惜しんで働いた。

前菜や簡単な料理を作らせてもらえるようになった頃、美保子が六本木の交差点で飲酒運転の車に轢かれて他界した。祐介の作ったレバニラ炒めを楽しみにしていたが、口にする事なく逝ってしまった。そんな悲しみと後悔に暮れる日々で、祐介に声を掛けたのが武山だった。

祐介はボクシング経験の腕を買われ、裏社会にスカウトされた。

大将は猛反対した。極道の武山相手に一歩も引かないどころか、激しい口調で罵倒した。武山と大将の関係を古株の常連客に尋ねた事がある。

※

それは武山が青森から上京したての時だった。チンピラ3人に絡まれていた武山を、出刃包丁を振り回して助けたのが大将だった。

「誰も取らねぇから、ゆっくり食えよ」

右手の箸でラーメンを啜り、左手のレンゲでチャーハンを貪る武山に大将は目を細めた。

「美味いか？」

武山は喉に詰まらせながら頷いた。

「ほら、言わんこっちゃない」

胸を叩いて咽《む》せる武山に、大将はコップの水を差し出した。

「すみません……」

武山はコップを置くと、頭を下げた。

「名前は？」

「武山です」

武山は言って、餃子を口に放り込んだ。

「俺は松岡だ。竹と松だな」

「その竹じゃなく、武士の武の方です」

「武士は食わねど高楊枝とはいかねぇか」

そう言って大将は笑ったが、意味を知らぬ武山は、返事の代わりにラーメンを頬張った。

武山は2日前から一文無しとなり、公園の水で飢えをしのぎ、辛うじて生きている、そんな状況だった。見兼ねた大将は、大蓮に連れて行き、腹一杯食わせた。

金も、仕事も、家も、そして頼れる身内も居ない、そんな武山を大将は住み込みで働かないかと、声を掛けた。

「松岡さん……」

武山は俯き、鼻を啜った。

「大将でいいよ。この辺の奴等はみな、そう呼ぶ」

大将はそっぽを向き、ぷかりと紫煙の輪を吐いた。

「ありがとうございます……大将」

武山はこの大都会で、ちっぽけな自分を思い知った。だからこそ、大きな器の大将に巡り合えた。

「でも、どうしてですか？」

武山はぎこちない標準語で話した。

「どうして、見ず知らずの俺に、こんなにも優しくしてくれるんですか？」

武山は背筋を伸ばすと箸を置き、その手を膝の上に乗せた。大将は灰皿に灰を落とすと答えた。

「この街にはな、自分だけを愛する者と他人なら愛せる者が居る。俺は別に自分を愛しちゃいない訳ではないが、どちらかと言えば後者の方が楽かも知れねぇな。だからお前は何も気にすんな。俺が好きでやってる事なんだ。分かったな」

武山は強く頷いた。

「そう言えばお前、下の名前は？」

「徹《とおる》です」

「そっか。さぁ、冷めないうちに全部食っちまいな……」

大将は新聞を広げると最後に「……徹」と添え、照れた顔を隠した。

※

武山はその優しさに心を打たれ、男泣きしたそうだ。それが何故、恩を仇で返すような道に足を踏み入れたのか。

最後に常連客は「俺から聞いたとは言うなよ」と、人差し指を口にあてた。

武山は祐介を組に入れる事は諦め、代わりに下部組織の愚連隊に所属する西森という男の携帯番号を大将の目を盗んで祐介に渡した。

「何かあったら連絡してみろ」

そう言って武山は、1000円の海鮮ソバ代の釣り、9000円を受け取らずに店を出ようとした。渡そうと追い掛けた祐介に「厚意を無にするな。ご馳走さん」と肩越しに言って、袖を通さずにジャケットを羽織ると、背中を丸めて暖簾をくぐり、舎弟の待つアストンマーティンに向かった。後部座席に消える前、爪楊枝を咥え、一瞬だけはにかんだ。未完成な祐介の中で何かが弾けた。武山の仕草や寡黙さ。アンタッチャブルな領域で時折見せる柔らかさ。それら全てが映画のワンシーンのようで、世間知らずの祐介は、その漢気《おとこぎ》のようなものに痺れた。暫くの間、街に紛れるテールランプを見送っていた。西森に電話したのは、その1週間後だった。

※

枕木に揺れるドアに凭れ、ハナは車窓に流れ去る景色を瞳に映していた。車内では女子高生が若手俳優の話に花を咲かせている。同世代の高校生を冷めた目で一瞥すると、自宅のある田園調布駅を過ぎ、1つ先の多摩川駅で降りる。

気が付けば今日が終わり、何となく明日が訪れる。そして1週間が過ぎ、知らぬ間に季節が変わる。

駅前のコンビニ。同世代の子が接客している。浅間神社を抜け、多摩川堤通りの土手に立つ。制服のスカートが柔らかく膨む。風が河川敷に広がる葦を斜めに揺らす。

夕景に浮かぶ鉄橋。満員電車のシルエット。線路に刻まれた一定のリズムが黄昏の空に響き渡る。少女時代から変わらぬ風景。

キラキラとした水面が輝きを増す。無意識のうちに涙が頬を伝う。気が付けば、星が瞬き始めるまでハナは泣いていた。

※

最初はただの興味本位に過ぎなかったが、羽振りのいい武山が成功者に見え、憧れのような感情が祐介に生まれていた。それが転がり落ちる人生の始まりだった。正確に言えば、高校を中退した時から転がっていた。ただその勢いが増す事になるとは考えもしなかった。電話はワンコールで繋がった。

「はい……」

通知された未登録の番号に西森は警戒したが、端的に事情を話すと「今日、会えるか」と、西森は声色を変えた。

「仕事が終われば」

そう伝えると、西森は矢継ぎ早に待ち合わせ場所を説明し、電話を切った。大将が店に戻ってきた。後ろめたい気持ちを誤魔化すように、祐介は黙々と床の掃除をした。


芋洗坂を下ったビルの2階。ドアを開けると嬌声が耳を劈《つんざ》く。20人程の若者で賑わう店内にはサンバが大音量で流れている。見回すと奥のソファーに座る男が手招きしている。右には6人分のカウンター席、奥には6人掛けと8人掛けのソファーがある。カウンター横の壁には3台のダーツマシーン。騒然たる嬌声はそこから上がっていた。

「電話くれた奴だろ？」

8人掛けのソファー。その中央に座る手招きした20代半ばの男が、煙草の先端を祐介に向けた。日焼けした肌。水分を失った茶髪は肩まで広がっている。

「西森さんですか？」

「ああ」

西森は顎で座れと示した。

L字形のソファーの端に座る。西森は黒いサテン地のシャツを開襟し、スカルのシルバーネックレスを見せつけている。

「何飲む？」

「烏龍茶を」

両隣りに若い女を座らせ、その肩に手を回し、我が物顔で足を組んでいる。

「はぁ？」

西森は咥え煙草で言った。

「っていうか超イケメン」

西森の右隣りの茶髪の女が甘ったるい声を出した。太腿を露わにしたデニムスカート。化粧はしているが祐介と歳は近いだろう。

祐介はボクシングに打ち込んでいた事を告げた。

「中退してボクシングも止めたんだろ？」

その問いに頷くと、西森は片方の眉を上げて店員を呼んだ。

「コイツにビール。あとボトル追加」

西森は片手で空き瓶を振り、もう片手で茶髪の女の生足を撫で回した。西森の左隣りには長い黒髪の女。口元に涼しげな笑みを浮かべてはいるが目は笑っていない。細いメンソールの煙草をしなやかな指に挟んでいる。祐介の左には西森の後輩らしきピアスをした男とドレッドヘアーの男が、その奥には金髪の女が煙草を吹かしている。男達は20代前半、黒髪の女も金髪も10代に見えた。

「さぁ、乾杯だ」

西森はグラスを掲げた。祐介は仕方なくビールグラスを摑んだ。

「何に乾杯するの？」

茶髪の女が西森の腕に胸を押し付けた。

「新しい仲間に」

西森は祐介の反応を確かめた。軽く頭を下げて見せると、西森は満足気に頷いた。口を湿らす程度でコースターに戻す。何気無く視線を上げる。黒髪の女と目が合う。突然、女が微笑んだ。

祐介は慌てて目を逸らし、ビールを口にした。

入店して1時間が経過し、ボトルは更に追加された。茶髪の女は早々に酔い潰れて西森に寄り掛かっている。金髪の女と男2人はダーツに夢中だ。

「ドリンク替えたら？」

トイレから戻って来た黒髪の女だった。

気の抜けたビールは残り2口程度。女はくびれた腰を捻ると、店員に長い人差し指を立てた。

「シャルドネを。君は？」

「岸田」

女は眉を上げた。

「……ごめんなさい。岸田……君は？」

「烏龍茶にするよ」

女は西森の横には戻らず、祐介の隣に座った。甘い香りが長い髪から届く。

「私、相澤華」

澄み切ったハナの声は、雑音で溢れ返るこの街や店内で唯一、祐介にとって心地の良いものだった。

「岸田君、下の名前は？」

「祐介」

「きしだ……ゆうすけ？」

目を見開いたハナに祐介は頷いた。

「嘘……」

ハナは唇を震わせ、溢れ出す感情を微かな声にした。

「本当……に？」

血液が沸騰する。ハナは祐介の瞳の奥に〈あの日の色〉を見た。

「ああ」

祐介は気怠そうに答えた。ハナは思い切って尋ねた。

「あの、もしかしたらなんだけど……家の前に小さな公園ってある？」

ハナの問いに祐介は軽く眉を顰めた。

「小さな公園？」

祐介は訝しげに聞き返した。ハナは頷き、答えを待った。

祐介は静かに首を横に振った。

血液が冷却されていく。

「変な事、聞いてごめんなさい。祐介君って……家、何処？」

ハナは打ち寄せる絶望の波に、心が流されぬよう、最後の質問にしがみついた。

「大田区の大森」

「ずっと？」

祐介は突き放すように頷いた。

〈祐介〉の瞳の奥に感じた〈あの日の色〉は〈ゆうすけ〉のものではなかった。

ハナは祐介の為に2杯目の烏龍茶を注文した。その際に互いの年齢を確認した。奇しくも同い年だった。

「煙草吸って大丈夫なのか？」

「真面目なんだね」

祐介はハナを一瞬だけ睨み付けると、烏龍茶を口に含んだ。

「気を悪くしたらごめんなさい」

それに対して祐介は何も言わなかった。

「高校は？」

「行ってるよ。今日はサボったけど」

ハナは水の敷かれた灰皿に煙草を落とした。

「何で？」

「つまらないから」

消えた煙草の煙がゆっくりと立ち昇る。その煙の向こうでハナは呟いた。祐介はテーブルに視線を落としたまま口を開いた。

「あんた、賢い筈だ。頭のいい奴が、そんなガキみたいな言い訳をしない方がいい。つまらないのなら、授業で答えを見つけるよりも先に、学校での楽しみ方を見つけるんだな。どうせ勉強しなくてもテストでいい点は取れるだろう。学校に行きたくても行けない奴もいるんだ。サボる位ならいっそ止めちまえよ。そして、その授業料を恵まれない子供達に寄付してやってくれ」

祐介は一息に話すと、烏龍茶を飲み干した。

※

朝5時過ぎに店を出た。夜はすっかり明け、幾羽かのカラスが転々とゴミ袋を漁《あさ》っている。

「ご馳走様でした」

アルコールに浸り切った西森の顔に、祐介は言った。

「今夜も来れるか？」

西森は茶髪の女の肩に回した手を胸元に滑らせた。

「仕事次第です」

距離を置いた言い方をした。

「大丈夫なら電話くれ」

西森はギリギリの呂律で、財布から万札を2枚抜いた。

「結構です」

「いいから取っておけ」

西森は強引に祐介のポケットに捻じ込んだ。

「ヤス、車」

西森はピアスの男に言った。

「斉藤が捕まえに行ってます」

ヤスは足元をフラつかせている。程なくして、斉藤がタクシーを引き連れて戻って来た。

西森と茶髪の女が乗り込む。

「お疲れ様でした！」

男達が深々と頭を下げるとタクシーは麻布十番方面に消えた。

「もう1軒行く？」

ヤスが金髪の女を誘った。

「ラーメン食べたぁい」

「いいね。まだ営《や》ってるトコあるから行こうぜ。斉藤、先に紅龍に行って席3つキープしとけ。じゃあな」

斉藤は走り、2人は腕を組んで坂に向かった。

「祐介君は？」

女友達を心配そうに見送るとハナは振り返った。朝靄の中に佇むハナに一瞬、祐介は目を奪われた。

「帰るよ」

「そう……」

ハナは小さく言った。

「さっきは唐突にごめんなさい」

「何が？」

「家の話」

「別に」

「私の知り合いと名前が一緒だったから」

「何処にでもある名前さ」

ハナは祐介の様子を窺ったが、祐介は特に興味を示す事はなかった。

「そんな事ない。素敵な名前だよ」

ハナは言った。

「名前は命と一緒、1人に1つずつ親から与えられた大切な絆」

祐介はハナの横顔を盗み見た。ハナは新しい朝を迎えた街を見据えた。

「命は尽きても名は残る。親は色々な想いを込めて名付ける。だから命名っていうのかもね」

言い終えると「私、何語ってるんだろ」と、ハナは照れ笑いを浮かべた。

「これ使って」

ハナに2万円を手渡す。

ハナは拒んだ。

「おやすみ」

「ちょっと、祐介君！」

走り去る背中にハナの声が触れる。振り返る事なくビルの谷間を駆け抜ける。経験のない感情が朝陽の中、祐介に芽生えていた。互いにまだ17歳だった。

※

朝焼けの空の下、ハナは芋洗坂をゆっくり歩いた。夜と朝のグラデーションは空だけではなく、ハナの心の中にも訪れていた。

心に刻まれた〈きしだゆうすけ〉という名。その名を持つ人が現れ、遂に巡り逢えたと思ったが、彼ではなかった。

あの瞳の奥に見た美しい〈色〉。優しさや勇気、誠実さや謙虚さなど、人が持つべき大切なものが、彼の瞳に彩られていた。そんな風にハナは感じた。

その懐かしい色に再会を果たせたと思ったが、岸田祐介は、きしだゆうすけではなかったのだ。同じ色に見えた。いや、同じ色に見ようとしていた。遠い昔、子供の頃の話だ。その色も定かではない。所詮、想い出はセピア色だ。

それでもいい。ハナは空を見上げた。

2

レインボーブリッジが望める深夜の芝浦埠頭に武山は車を停めた。

フロントガラスの向こう、航海灯を煌々と焚いた貨物船が停泊している。船内に人影はなく、まるで幽霊船のように薄靄の海に浮かんでいる。

MGBを降り、コイーバに火を点ける。柔らかい風が遠くの霧笛を運ぶ。甘い香りに酔い痴れていると、胸ポケットの携帯が静かな闇を切り裂いた。

〈夜分にすみません〉

「どうした」

〈お探しの方が見つかりました〉

武山は目を見開いた。

「何処に居る？」

〈川崎です〉

武山は紫煙を燻《くゆ》らせた。未だに青森だとは思っていなかったが、目と鼻の先に居た事に、数奇な運命に弄ばれた己の人生を、武山は嘲笑わずにはいられなかった。

武山はコイーバを踏み消し、大きく息を吸った。貨物船のディーゼルエンジンが動き出す。旋回窓に人影が揺れた。武山も過去へと動き出す時が来た。

川崎と言っても東京湾側ではなく、内陸よりの麻生区だった。東名川崎インターを降りて世田谷通りを走る。

カーラジオから流れる昭和の名曲。

美しいメロディに切なさが込み上げる。21歳で極道の世界に足を踏み入れた。あの頃は本当に怖いものなどなかった。いつ死んでもいい……心からそう思っていた。

小田急線読売ランド前駅。信号が点滅する横断歩道を渡る者は無い。警察官不在の派出所。六本木とはまるで違う街並み。荒々しい人の息遣いがまるで感じられない。

世間とは別次元で生きてきた武山は、この時に初めて紗千香《さちか》との距離を強く感じた。やはり会うべきではないのだろう。

音の無い住宅街が左右に続く。路は狭く、曲がりくねっていて、対向車は1台も無い。ヘッドライトと物憂げな街灯だけが、この静寂な佇まいに存在する、唯一の灯りだった。道は更に狭くなり、勾配も急になった。

此処は周辺よりも高台となっていて、家屋の隙間から都心の消えかけた夜景と、航空障害灯に縁取られて薄ら浮かび上がる新宿副都心のシルエットが見える。

カーナビの案内が終了した。車を徐行させる。角を曲がると、そこから新興住宅街となり、急に道が広くなった。

武山に僅かな緊張が生まれた。車窓に映るその横顔に、しっとりとした夜露が重なる。エンジンを切ると虫の音が届いた。

児童公園の隣に紗千香の住む家がある。家は区画整理された戸建の1棟で、2階の窓にはナイトスタンドの灯りがぼんやりと見えた。隣近所、全ての家が同じ造りで、表札が無ければ、誰が何処に住んでいるのか分からない。

武山は車外に出た。虫の声は公園を囲む草むらから流れていた。朝まで、この秋の夜長を謳い続けるのだろう。

冷んやりとした外気が武山を包む。記憶に埋もれていた青森の秋を思い起こす。コイーバに火を点ける。見上げた空は雲が多く、その雲の塊が千切れた時の一瞬だけ、月が顔を覗かす。

月明かりに照らされた表札には『清宮』の名。母の旧姓だ。

武山が雇った興信所の報告によると、紗千香は2年前に離婚。現在は大手保険会社の営業課に契約社員として勤務。

子供は娘が1人。名は麻里奈、14歳。中学3年生。現在は高校受験を控え、新百合ヶ丘駅前の予備校に通っている。あの灯りが溢れているのが麻里奈の部屋だろう。出窓にはぬいぐるみが飾られている。

カーポートには電動自転車が2台と軽のワンボックスカーが1台。武山は契約社員で高校受験の娘を持つ紗千香の懐事情が気になった。

坂の下で新聞配達のカブのエンジン音が聞こえる。武山は車に乗り込むと、朝と夜に挟まれた六本木に戻った。

※

「いらっしゃいま……」

「いい匂いに誘われて来たらまさか祐介君が働いているなんて。こんな偶然あるのね」

ハナが下手な理由と芝居で大蓮に来た。水曜日の夕方。開店したばかりの店内に客は居ない。大根芝居に祐介は鼻を鳴らしたが、本心はそうではなかった。油汚れが付着したエプロンが恥ずかしくて、その部分を隠すように腕を組んだ。

ハナは店内を見回すと、カウンターの端に座った。

「で何？」

水の入ったコップを置く。

「一応客よ」

「だから何？」

理解したハナは急いでメニューに目を通した。

「オススメは？」

「全て」

「特に？」

「お腹は？」

「空いてる」

「じゃあ……」

「レバニラ」

「レバニラ？」

「変？」

「いや、俺も好きだから」

「そう……」

ハナは顔を赤くした。祐介も耳の辺りが熱くなった。それを悟られないように「注文入ります」と、そそくさと厨房に向かった。

「お前も好きな、レバ定な」

大将はニヤリとした。

「聞いてたんですか」

顔全体が熱くなり、目玉が焼けそうになる。

「狭い店だ」

「そんなんじゃないっすから」

祐介は声を殺した。


「いただきます」

ハナは手を合わせた。祐介は頬張るハナを確認して厨房に戻り、キャベツの千切りを始めた。

「いい子だな」

大将は寸胴に向かい、焼豚の灰汁《あく》を取りながら言った。祐介はその声をまな板の音でかき消す。

「綺麗な顔立ちだ。きっとイイトコの娘さんだな」

大将はいつになく饒舌だ。

「大切にしろよ」

祐介は手を止めた。

「ただの知り合いですから」

「他の客が来るまで話し相手になってやれ」

「途中ですから」

「店主命令だ」

大将は灰汁取りを祐介に向けた。

「早く行け」

祐介は大きな溜め息を吐き、千切りしたキャベツをボウルに入れ、ラップを掛けた。

「大切にしろだって」

ハナは勝ち誇ったような目で祐介を見た。

「聞いてたのかよ」

「聞こえたのよ」

「小さな店だからな」

奥で大将が自虐的な事を言うと、ハナは照れながら舌を出した。

「凄く美味しいね」

ハナはレバーを頬張り微笑んだ。

「ここ」

祐介は自分の口元に人差し指をあて、紙ナプキンを差し出した。ハナは口元に付いたレバニラのタレを恥ずかしそうに拭った。

祐介はテーブルセットの醤油差しの向きを統一した。

「尊敬する」

「何が？」

「ちゃんと働いている」

「頭が悪いだけさ」

「学校で教わる事が全てじゃないでしょ？　授業で教わる事なんて社会では通用しない事も多いし、早く社会に出て学ぶ方が役に立つ事も多かったりする」

祐介は耳を傾けた。

「今もそう。醤油や酢が使いやすいようにと、無意識の内に手が動いていた」

「そんなの普通だよ」

「世の中、それが出来ない人の方が大半。気にも留めない些細なことの積み重ねが、誰かの大きな幸せに繋がっていると思う」

ハナはレバニラに酢を掛けた。

「イメージと違う」

祐介は1席空けて座った。

「そう？」

ハナは味噌汁を啜った。

「レバニラを口いっぱいに入れるとは思わなかった」

「タレを口周りに付けたり？」

「ああ。それに……」

「それに？」

「よく笑う」

「ふーん」

ハナは箸を止めた。

「見てたんだ」

「何を？」

「バーで、結構私の事を気にしてたんだね」

「何言ってんだよ」

「いいから、いいから」

「あのさ、ホント見てないから」

「冗談よ。そんなにムキにならないで」

ハナは沢庵を口にした。

「ムキになってない。俺は事実を……」

「はいはい。ホント子供なんだから」

「同い年だろ」

「同い年なら女の子の方が大人だ」

大将が口を挟んだ。ハナは大将の援護射撃に大きく頷いた。

「ちょっと、大将……」

あと5分、せめて3分でいい。祐介は客が来ない事を祈ったが、その願いは1分で砕け散った。


「ご馳走様でした」

完食していた。財布を出そうとしたハナに、祐介は首を振った。

「ダメ。ちゃんと払う」

ハナはバッグからルルギネスの財布を取り出した。

「祐介のバイト代から抜いとくから気にしないでくれ」

大将は中華鍋を振りながら叫んだ。

「なっ」

「でも……」

「厚意を無にするな」

大将の口癖を戴く。

「……すみません。ではお言葉に甘えて、ご馳走になっちゃうね」

ハナはすまなそうに微笑んだ。

「でも次からは絶対に払うからね」

「ああ」

「ありがとう」

ハナは長い髪を垂らして頭を下げた。その髪を耳の後ろにかけると、この店には似つかわしくない甘い香りが広がった。

「ご馳走様でした」

ハナはカウンターに手を突き、奥の大将を覗いた。大将は返事の代わりにおたまを振った。

外はポツリ、ポツリと弱い雨が落ち始めていた。灰色の空は西になるに連れて黒くグラデーションしていた。

「ほら」

祐介は入口脇にある傘立てからビニール傘を差し出した。

「いいの？」

「前から置きっ放しだから」

「祐介！」

大将に呼ばれた祐介はハナのもとに戻ると、傘をもう1本抜いた。

「駅まで送れってさ」

「ホントに!?」

「ああ」

溜め息混じりに祐介は答えた。

「大将！」

今度はハナが厨房に向かって声を掛けた。

「ありがとうございます」

ハナは大将にウインクした。大将は顔を真っ赤にして「アチッ！」と声を上げた。動揺して鍋に手が触れたらしい。ハナはクスッと笑った口を咄嗟に手で隠して「ごめんなさい」と謝った。

祐介も思わず噴き出したが、大将に睨まれ、そそくさと外へ逃げた。ハナは「ご馳走様でした。失礼します」と挨拶をして祐介の後を追った。

雨雲で薄暗くなった六本木に1つ、2つとネオンが灯る。歩道には幾つかの傘の花が咲いている。

行き交う人の波をすり抜ける。ハナは数歩後ろ。何だか意地悪く思えて、祐介は歩く速度を落とした。小走りで追い付いた時、ハナはアスファルトに躓《つまず》いた。反射的にハナの腕を掴み、直ぐに手を離した。

「ごめん……」

「別に……ありがとう……」

それから2人は歩幅を合わせて歩いた。雨脚が強くなってきた。ミッドタウンが見えた頃、ハナは差していた傘を閉じ、何も言わずに祐介の傘に潜り込んだ。

「な、何してんだよ」

「何？」

ハナは小首を傾げて戯《おど》けた。

「ダメ？」

「歩き辛いじゃん」

「これなら転ぶ心配もない」

「あのな……」

「無事送るように言われたんでしょ？」

すれ違う男達がハナを見ている。

「大将に言いつけるぞ」

「分かったよ……」

「宜しい」

駅まで10分足らずの道程が長くも短くも感じた。濡れた足元には至る所にネオンが落ちている。

「あのさ」

首都高の防音壁に設置された『ＲＯＰＰＯＮＧＩ』の表示が見えてきた。

「前に話した事だけど」

祐介の声にハナは小首を傾げた。

「俺、大森の前に別の街に住んでいたんだ」

ハナは息を呑んだ。

「公園の事とか聞いてきただろ？　だから調べてみたんだ」

「それって……」

「荏《え》原中延《ばらなかのぶ》」

ハナは開いた口を両掌で押さえた。

「でも何で？」

初めて逢った夜、公園の話をした時のハナの様子が気になっていた。ハナは感涙に瞳を潤ませながら、笑顔ではぐらかした。

「別に。何となく聞いてみただけ」

祐介はそれ以上深く聞かなかった。

「送ってくれてありがとう……」

地下鉄の入口。ハナは傘を出ると屋根の下で礼を言った。雨はかなり強くなっていて、隣から離れてしまったハナの声が小さい。

「別に……」

ハナが居た右側は、まだ熱を帯びたままだった。

「凄く美味しかった」

「細いのに食べるんだな」

「頑張ったかも」

「無理した？」

「してないよ。本当に美味しかったから」

「ラーメンとかにすれば良かったのに」

「食べてみたかったの」

「レバニラ定食を？」

「うん」

「何で？」

「食べてたから……」

ハナは語尾を弱めた。

「誰が？」

「……祐介君が」

少し迷ってからハナは言った。

「俺が？」

「うん」

「いつ？」

「初めて会った日……」

「あっ……」

あの日の賄いもレバニラ定食だった。

「でもどうして？」

「ココ」

ハナは申し訳なさそうに白い歯を見せて人差し指をあてた。

「挟まってたから」

「嘘……」

たじろぐ祐介をよそに、ハナはバッグから封筒とハンカチを取り出した。

「じゃあね、透きっ歯さん」

封筒を渡し、祐介の左肩にそっとハンカチを被せると、地下へと続く階段を足早に下った。

「ちょっと！　なぁ！　嘘だろ！」

ハンナは踊り場で振り返った。そして顔を上げると、頬の横に広げた掌をあてた。

「また送ってくれてありがとう」

「また？」

祐介は聞き返したがハンナはそれには答えず、大きく手を振った。

「ばいばーい！　きしだゆうすけくん」

ハンナは小さく舌を見せて構内に消えた。その姿は小さな女の子みたいだった。

「マジかよ……」

あの店に向かう前に鏡でチェックするべきだった。大蓮まで肩を落として歩く。雨は更に強くなり、傘に弾かれた雨水が白い霧となって街の風景に溶け込んでいく。

店の少し手前。ビジネスホテルの軒下。ハンナが手渡した封筒。向日葵《ひまわり》の小さな柄。中には2万円。ピン札だった。同封されていた2枚重ねの便箋。封筒と同じ挿絵。

ブルーのインク文字は僅かに右上がりで細く、丁寧に綴られていた。

『親愛なる祐介君へ
先日はありがとう。少ししか話せなかったけど、とても嬉しかったです。では身体に気をつけて、お仕事頑張ってね。

タクシー代、お返しします。気を遣わせてしまってごめんなさい。ありがとう。

追伸……糖分摂取して、この後もファイトです。いつか祐介君の作ったレバニラを食べてみた華』

いです。

短い手紙はそこで終わっていた。２枚目には携帯の番号とアドレスが書かれていた。手紙と札を封筒にしまう。誰もが足早に目的地へと向かう。祐介の居る、この場所だけが、時が止まっていた。雨音のカーテンが街の喧騒を遮断する。ハナの心地の良い大人びた声と、笑った時の子供染みた声を思い返す。

白いハンカチ。右下に『H』の刺繍。ハナのイニシャルなのかブランド名なのか。肌触りはガーゼのように優しい。ハナは傘から外れて濡れていた祐介の左肩を気にしていた。

ハナを思い浮かべる。

既に気が付いていた。初めて会ったあの夜、あの瞬間から、心の中にハナが存在している。それは突然の雨のように降り注いだ恋だった。だがその雨は身体を冷やす事はなく、寧ろ、心の中からじんわりと祐介を温めていった。

封筒をポケットにしまった時、何かが中で引っかかる。指を入れると袋入りのチョコレートだった。どのタイミングで忍ばせたのか。ハナは密かに任務を遂行していた。前夜から考えていたのか、当日の思いつきなのか。その悪戯《いたずら》を考えているハナの姿を想像したら自然と笑みが溢れ、身体の力が抜け、脈が安定していく。チョコレートを口にする。甘くてほろ苦い味。腕に残るハナの余韻が雨に流されぬよう、店へと急いだ。

「レバニラって、どうやったら上手に作れますか？」

客の途絶えた店内。スポーツ新聞に目を通す大将に祐介は尋ねた。

「何だいきなり？」

大将は新聞から目線を祐介に移した。

「いや、ちょっと興味が」

朴訥な祐介の前向きな姿勢に大将は驚いた。

「よし、どうせ暇だし、賄いがてら作ってやるから見とけ」

新聞を畳むと、大将は嬉しそうに厨房へ向かった。


「吸い過ぎじゃない？」

紫煙の向こうでハナは頬杖をついている。2人は18歳になり、出逢ってから2回目の冬を迎えた。変わったのは季節だけではない。知人から友人となり、ハナは煙草をやめ、祐介は煙草を覚えた。

「ごめん……」

「体が心配なだけ」

クリスマスイヴ。渋谷のカフェ。映画のチケットが2枚あるからとハナに誘われて苦手な街に来た。人熱《ひといき》れのカフェは若い男女で賑わっている。幸福と平和に包まれた店内の雰囲気に不慣れな祐介は、煙草を消しては点けるを繰り返していた。

「映画、楽しかったね」

ハナは話題を変えた。映画のストーリーは半分も頭に残っていない。映画の途中、サスペンスシーンに驚いたハナは反射的に祐介の腕にしがみついた。ほのかにフローラルな香りがする髪。祐介は映画の主人公よりも心拍数を上げていた。

「そろそろかな」

ハナはパシャ・ドゥ・カルティエに目をやった。席を立つと別のカップルが直ぐに座った。どの席も皆一様の表情を浮かべている。この街だけではない。電車の中もテレビの中も。何の苦労もしていない脛かじり共が、意味すら理解せずに笑って過ごすイヴのこの日を、祐介は忌み嫌っていた。だが今は違う。ハナが傍に居るだけで何もかもが今までと違って見えた。

カフェを出て道玄坂を下る。イルミネーションが降り注ぐ雑踏の中、肩を並べて歩くのもままならない。四方から次々と人が溢れ出ては放射状に散らばっていく。

スクランブル交差点の手前。前を見ず、話に夢中になって歩く男女。祐介は避けようとしたが、男の肩と祐介の肩がぶつかった。

「痛《いて》えなぁ」

男は言って、自分よりも体格が上回る祐介を見ると顔を曇らせた。

「すみません」

祐介は頭を下げた。男は怯えつつも、謝った祐介の姿に気を良くし、女の前で粋がって見せた。

「気をつけろよ、この野郎」

男は勝ち誇り、上機嫌でその場を去った。

「ありがとう」

ハナは祐介の横顔に言った。

「何が？」

「喧嘩しなかった」

「別に」

「凄くカッコ良かった」

「謝った事が？」

「うん。素敵だった」

祐介は雑踏に目を逸らし、歩き始めた。

ファーの付いたキャメル色のスウェードのハーフコートに、タイトミニのホワイトニットのワンピース。すらりと伸びた足元はチャコールグレーのムートンブーツ。男女問わず、すれ違う者の視線を奪っていた。

「人混みって苦手」

「俺も」

溜め息混じりに答えると、信号待ちでハナは祐介の手を握った。

戸惑う祐介。微笑むハナ。祐介の顔は渋滞中の車のテールランプを一手に浴びたようになった。

相変わらず強引なハナの、北風に晒された冷たい指を温めながら、離れぬよう、そして壊さぬよう、優しく手を添え、混沌としたスクランブル交差点を渡った。繋いだ手を祐介の革ジャンのポケットにしまう。

「あったかいね」

ハナは嬉しそうに呟いた。そして「手汗かいちゃった」と笑ったが、実際にかいていたのは祐介の方だった。

宮益坂の途中、脇道を入った袋小路にひっそりと佇むフレンチの名店。木造の一部分に煉瓦をあしらった瀟洒《しょうしゃ》な一軒家。看板や店名を示すものは一切ない。蔦が絡まる老舗の高級感。履き潰れたコンバースに擦り切れたジーンズ姿の祐介は委縮した。

「お待ちしておりました」

名も告げぬハナを店員はスマートにアテンドした。ハナは前を堂々と歩き、祐介は目を泳がせた。両壁に設置されたガス灯風のランプと、テーブルに置かれたクリスマスカラーのキャンドルが聖なる夜をムードあるものに演出している。流れるクラシックの調べ。テーブル席が8つだけのアール・ヌーヴォー調の店内の奥には、壁一面のワインセラーが存在感を示している。客層は30代以上が多く、祐介は場違いなストレンジャーだった。

店員がハナの椅子を引く。勝手が分からず、先に座っていた祐介は早くも羞恥心に苛まれた。

そんな様子に気付いたハナが優しく微笑む。

「椅子取りゲーム強かったでしょ?」

「負けた事ない」

「私も。けど今、初めて負けた」

ハナの軽口に祐介は漸く笑った。

一呼吸置くと、ハナはワインリストに目を通した。

「こういう店、初めてなんだ」

「私も」

ハナはクスッと笑って続けた。

「両親が馴染みなだけ。小さい頃に連れて来られて以来」

本当よ、とハナは付け加えた。祐介も真似してメニューを開いてみたが、何かの呪文にしか見えない。

「素敵なレディになられた」

ハナの横に静かに立った、ロマンスグレーの紳士は言って、嬉しそうに目を細めた。

「ご無沙汰しています」

ハナは紳士に掌を向けた。

「こちらは父の友人で、この店のオーナーの柏木さん。彼は……」

「はじめまして、岸田祐介と申します」

祐介は席を立とうとした。

「そのままで結構ですよ」

「すみません。あの、宜しくお願い致します」

「こちらこそ。とても爽やかなボーイフレンドだね」

ハナは嬉しそうに頬を染めた。

「ご両親はお元気かな」

「はい。お陰様で」

「それは何より。ではごゆっくり」

そう言って紳士は隣のテーブルへ移った。

「ありがとう」

ハナは真顔で感謝を口にした。

「ちゃんと挨拶してくれて」

「何だよ、それ……」

揺れるキャンドルライトにハナは瞳を輝かせた。


柏木の手前、ハナはシャンパンではなく、炭酸水のシャテルドンを注文し、乾杯した。

料理はどれも初めて口にするものばかりで、皿の大きさの割には一口で終わる量に2人は苦笑した。不慣れなテーブルマナーを見様見真似で乗り切る。ハナは祐介の格闘ぶりを心から楽しんでいた。祐介はそれが嬉しかった。

「今日は本当にありがとう。凄く素敵なクリスマスイヴになった」

ハナは季節のミルフィーユにフォークを入れながら言った。

「何か不思議だな」

祐介はキャンドルの灯りをぼんやりと見つめながら呟いた。

「何が？」

「こうして2人でクリスマスを過ごしている事が」

「そう、私は極自然に思えるけど」

ハナは片方の手で頬杖をついた。

「だって、元々は知らない者同士だったのに、それが今はこうして同じ空間で過ごしている。不思議って言うか奇跡って言うか、上手く言えないけど」

「私は奇跡だなんて思ってない。これは確率の問題ね。そもそも奇跡って結果論でしょ？　マスコミは安易に〈奇跡の逆転勝利〉とか使いたがるけど、それは視聴者や読者にはウケが良いから」

「うん」

祐介は曖昧な相槌で先を促した。

「でもバッターは、この窮地の場面でホームランを打つ為に練習してきたのだし、プロなんだから打って勝つのは当然の結果。素人や小学生だったら話は別だけど。だから諦めなかったり、思い続ければ、祐介君の思う〈奇跡〉が起きうる確率は非常に高くなる」

「俺には難しいな」

祐介は苦笑した。

「例えばそうね……」

ハナは言って、炭酸水で唇を湿らすと話し始めた。

「ある街に住んでいた4歳の女の子に起きた、所謂《いわゆる》、奇跡のお話」

「それって実話？」

ハナは大きく頷いた。

「その日、女の子は家でお人形遊びをしていたんだけど、お人形を片付けずに次の遊びをしちゃって」

「うん」

「遊んでいる最中も、その子のお母さんは何度も片付けなさいと注意をしたのに、女の子は片付けをせず、遊びに夢中になってしまい、遂に女の子は玄関の外に閉め出されてしまったの」

「俺も経験がある」

2人は短く笑った。

「でね、女の子は泣いて謝ったんだけど、一向にドアは開けてもらえず、仕方なく陽が傾き始めた街へと歩き出したの」

祐介はデザートを食べるのを忘れて、話を聞くのに夢中になっている。

「気が付いたら公園まで歩いていて。ぽつんとベンチに座って途方に暮れていると、見兼ねた1人の男の子が声を掛けてきたの」

ハナはその情景を頭に描き、目を細めた。

「後で分かる事なんだけど、男の子は女の子と同い年だった……」

「4歳かぁ」

祐介は感心した。ハナは祐介の真剣な表情にクスッと笑った。

「寂しそうに座っている女の子を放っておけなかったのね。男の子は女の子の話を聞いて、一緒に家に帰ろうと手を差し出した。帰り辛かった女の子は男の子と一緒なら、と帰る事にした」

「優しい奴」

「そう、優しいの。でね、男の子のお陰で、女の子は家まで無事帰る事が出来たの。別れ際に男の子がグミをくれたのに、小さかった女の子はちゃんとお礼が言えなかったから、女の子はそれ以来、ずっとその男の子に会ってお礼が言いたいと思っているうちに、いつの間にか好きになっていた……」

ハナは流れるように話した。

「小学生になった女の子は勇気を出して、男の子に逢いに行ったの。でも残念な事に、男の子は既に引越していた」

ハナは残りの炭酸水を口にした。

「それでも女の子は、ずっと男の子を想い続けた。いつか逢えると信じて暮らした。やがて中学生になった女の子は学校で友達が出来ず、独りぼっちになった……」

打って変わって今度はゆっくりと嚙み締めるように話した。

「その時の気持ち、少し分かるよ。俺も独りぼっちだったから」

祐介は当時の事が頭に浮かんだ。

「祐介君もそうだったんだね……」

ハナは胸に突き刺さるものを感じた。

「ごめん、俺の話はいいから続きを」

「うん……。どうやったら彼に会えるのか考えたけど答えは見つからなかった。中学生じゃ手段が見つからないのは当然。そんな彼女でも出来る事が1つだけあった。それは彼に出逢う事を信じて想い続ける事」

祐介は細かく頷いた。

「初めて出逢ってから13年後、遂に奇跡が起きた。偶然2人は再会を果たす事に」

「どうやって？」

「知り合いに呼ばれて行ってみたら、そこに居た何人かの中に彼がいた。勿論、大きくなった彼に最初は気が付かなかったんだけど、名前がその彼と一緒だった」

「名前だけが一緒だったのではなく？」

ハナは白い歯を零した。

「彼女は彼と目が合った時に確信したの。その瞳の奥に、あの時と同じ色を感じたから」

「色って？　色素？」

ハナは首をゆっくりと振った。

「ううん、心の色」

「心の色？」

「そう、心の色。彼が持つ優しさや悲しみ。見てきたものや体験した事なんかが、複雑に混ざり合った色」

「ふーん」

汚れを知らぬ少年のような祐介の瞳の色を見つめ、ハナは嬉しそうに微笑んだ。

「随分昔の事だし、幼い頃の話だから、きっと男の子は覚えていないでしょうね。それでもいいの。その男の子に再び巡り合う事が出来たのだから……」

ハナは幸せそうに呟いた。

「美味しかったね」

ハナは満足感に浸っている。そんな最中に祐介はふと、寂しげな表情を浮かべていた。

「どうしたの？」

「別に」

ハナの問いに、祐介は下手な笑みで取り繕う。

「そう……でも、祐介君さえ良かったら話して欲しいな」

祐介はいつもそうだった。何かを思っても口にせず胸にしまってしまう。ハナはその度に寂しそうな顔をした。

「いや、その、ばあちゃんやオフクロにも食べさせてあげたかったなって……」

ハナは問い質した事を後悔した。

「ごめん、こんな夜に」

「私こそ、ごめんなさい」

祐介は首を振った。

「いつも思うんだ。ウチ、父親が居なくて貧乏だったから。それでもオフクロは俺を高校まで行かせてくれた。きっと色々な事を我慢して金を貯めて、何の贅沢もせずにね」

「優しいね……」

「どうかな……」

祐介はエスプレッソを口にした。

「私が言うのもおこがましいけど……きっと、お母様もお祖母様も、その言葉を聞いて喜んでくれていると思うな」

ハナと過ごす時間は苦いエスプレッソや辛い思い出すら甘美なものに変えてくれた。

満席だったテーブルは半数に減り、空いたテーブルでは次の予約客のための準備が行われている。大蓮が頭に浮かぶ。毎年イヴとクリスマスの2日間は閑古鳥が鳴いていた。聖なる夜にわざわざ客が来る店ではない。だから今夜は休ませてもらえた。

「初めて出逢った日、学校をサボるなって私に言ったの覚えてる？」

「何となく」

祐介は少し考え込んで小首を傾げたが、その当時、真面目に話した事が照れ臭くて曖昧な返事をしたのだろうと、ハナは気が付いていた。祐介らしい対応に思わず笑みが零れる。

「ずっと話してなかったけど、祐介君のお陰で、私あの日から1日も休む事なく冬休みを迎えられたんだ。学生として当然の事だから偉そうに言えないけど」

ハナは舌を出した。

「俺は何も」

首を横に振った祐介にハナも首を振り返した。

「本当に祐介君のお陰で目が覚めたの。変な話だけど、あの一言で学校に行くようになったの。楽しみを見つける為にね」

揺れるキャンドルのように、祐介はハナを優しく見守っている。

「朝早く起きるのも苦じゃなくなったし、満員電車もそう。夜も早く寝るようになった分、朝ゴハン食べるようになったんだ」

子供のように報告するハナが微笑ましくて堪らなかった。祐介は尋ねた。

「楽しみは見つかった？」

ハナはゆっくりと首を横に振った。

「見つからなかった？」

祐介は少し驚きつつ、申し訳なさそうに確認した。ハナは白い歯を見せた。

「教室にはね。でも、もっと大切なものが見つかったの」

ハナは朗々とした口調で言った。

「何？」

「生きる意味」

「生きる意味？」

「そう、生きる意味が見つかったの。それは全ての楽しみや喜びに繋がっているんだ」

祐介はその意味が分からず、眉根を寄せた。

「ヤバい宗教とかじゃないから安心して」

ハナは苦笑を浮かべると説明した。

「凄く単純な事なんだけどね、学校に行っただけで、みんなが喜んでくれたんだ」

「みんなって？」

「幼稚舎の時の先生や中等部時代の担任も。そして何よりも両親が」

ハナはその時の美冬の様子を、もう1度頭に呼び起こしていた。

「特に母が嬉しそうで、朝から沢山の朝食を作るの。余りの美味しさに箸が止まらなくて。お陰で太った」

ハナは苦笑した。

「久々に体育の授業にも出たから、洗濯物にジャージがあっただけで喜んでいた。洗濯物なんて面倒なだけだと思ってた。でも親って違うんだね。汚れた服は我が子が元気な証拠……。そんな風に考えた事などなかった。私が普通に学生生活を送っているだけで、幸せに思えるなんて今まで知りもしなかった……。それが生きる意味って事」

「お支払いは済んでおります」

一礼してマネージャーは下がった。ハナが化粧室へと席を立った間に、祐介は支払いを済ませていた。

「バイト代入ったから」

大蓮のバイト代だけではなかった。中退当初、大蓮には週6日入っていたが、今は週の半分程度で、それ以外は西森のボディガードを請けていた。西森の匙《さじ》加減で帰宅時間は変わるが、帰り際に3万円もらっていた。ボディガードと言っても周囲に目を配るだけの楽な仕事だ。西森の収入源は主に裏DVDの販売やチケットの高額転売だったが、それにしては羽振りが良かった。

「ありがとう。じゃあ甘えちゃうね。ご馳走様。でも私から誘っておいてごめんね。さっきのお茶代も出してもらったのに」

「男だから当然だよ」

「中には居るよ、女の子に毎回払わせる人。あっ、でもそんな、そういうのに頻繁に行ってる訳じゃないよ。初めて祐介君に会った時も頼まれて仕方なく……」

「分かってる」

「ホント？」

「ああ、だって……いや、何でもない」

「何？」

そう言ってハナは口を押さえた。

「ごめんなさい。またしつこく聞いてしまって」

謝ったハナに祐介は続けた。

「だって……こうして会えたし」

甘い一時《ひととき》は素直な一言で終わった。

店を出るとハナは手に白い息をかけ、星の無い都会の空を見上げた。

「雪、降るかな？」

ハナは祈るように呟いた。

2人はどちらからともなく歩き始めた。そこに居る誰よりもゆっくりと坂を下った。ハナがそっと腕を絡める。祐介は自然と受け入れた。言葉は必要なかった。

渋谷の駅前で最初に口を開いたのは祐介の方だった。

「あのさ……」

革ジャンの内ポケットに手を入れる。

「大した物じゃないけど」

小さな包み紙を見てハナは小首を傾けた。

「私に？」

祐介は小さく首肯した。北風に凍てついたハナの頬が、柔らかく溶けていく。

「開けていい？」

ハナは悴《かじか》んだ指先で丁寧にリボンを解き、薔薇の模様の包装紙を開いた。

「可愛い……」

ワインレッドのジュエリーボックスの中にある真珠のイヤリングを見て、ハナは喜びを洩らした。すると、大きな瞳に大粒の涙が生まれた。それは真珠以上の輝きを放ち、薄桃色の冷たい頬を伝う。

「嬉しい……」

白い息を吐き、純真無垢な子猫のように鼻をヒクヒクとさせた。

ハナの涙に気付いた通行人の殆どが、祐介に憎悪の目を向けた。

「参ったな……」

「ごめん……」

「泣く程の事じゃ……」

「泣く程の事だよ」

止め処なく溢れる涙を見て、ハンカチをプレゼントすれば良かったと、祐介は本気で思った。

「着けてもいい？」

ハナは声を震わせながらイヤリングを着けて見せた。

「どうかな？」

「凄く似合う」

ピンクに染まった鼻も愛おしい。

「あのね」

今度はハナがバッグから包み紙を出した。中にはジッポーと発火石とオイルがセットで入っていた。シルバー製のジッポーの底にはシリアルナンバーが刻印されていた。表面にも加工が施されている。

《Y・K》

祐介は彫金されたイニシャルを指でなぞった。

「本当は吸い過ぎが心配なんだけど、やめるのも大変だろうから。でね、これなら持ち歩いてもらえるかなって……」

祐介はジッポーの感触を味わった。重厚な質感は高価な代物と容易に想像がつく。

喫煙スペースを探し、オイルを注入する。3回空転させて火花を散らすと青みがかったオレンジの炎が上がった。オイルの香りが心地よい。煙草を咥え、火を点ける。軽く目を伏せ、ゆっくりと吸う。フィルターを通してタールの塊が喉の奥に深くアプローチする。目を閉じる。肺の中で煙を転がし、元の世界に紫煙を吐き出す。それを繰り返す事なく、吸い殻を灰皿へ投げ捨てた。

「ありがとう。大切にする」

祐介は、まだ半数以上残る煙草を箱ごとダストボックスに捨てた。

「但し、煙草はやめる」

「えっ……」

「でもジッポーは肌身離さず持ち歩く。御守りとして」

「やめる……の？」

「ああ」

「ごめん……そんなつもりじゃ……」

「いいきっかけになった」

「無理させちゃったかな……」

「……ハナの為ならやめられる」

ジッポーが再び煙草に火を点ける事はないが、常にハナを感じていられる。

「あのね……」

ハナは後ろで手を組み、落ち着かない様子でいる。目を合わさず、アスファルトにブーツの爪先で文字を書くようにモゾモゾとした。

「私……その……もう少しだけ一緒に居たい……」

そう言った途端、染まっていた頬を更に色濃くした。

「あっ、その、勿論時間があったらだし、明日早いならもう今夜は……」

言葉を遮るように祐介はハナを見つめた。

「1つ頼みがある」

ハナは頷いた。

「俺の事、もう君付けで呼ぶのやめてくれないか」

そう言うと祐介は笑って見せた。

六本木の出逢いから1年。今夜、２人は友人から恋人になった。それは２人にとって人生で最大のクリスマスプレゼントになった。

ジッポーが最後に火を点けたのは煙草ではなく2人の心だった。絆という心の灯火が、いつまでも2人の未来を明るく照らしてくれる……そう思わずにいられなかった。

3

祐介が煙草をやめる2ヶ月前。煙草がもたらした出会いがあった……。

最後の1本を吸い終えた。ブーツの先には役目を果たした吸い殻が、虚しく散らばっている。ビルに囲まれた路地裏の一角は、六本木の喧騒を全く寄せ付けず、耳に届くのは高速道路を通過する大型車の振動音だけだった。

壁に凭れた祐介。足元に絡み付くビル風。時折吹き荒ぶ冷たいそれは、冬の始まりを予感させていた。

雨音の間隔が短くなってきた。西森が戻るまで30分はある。新しい煙草が必要だ。革ジャンの襟を立て、ファスナーを首まで上げる。そぼ降る雨の中、外苑東通りにある自販機まで歩くしかなかった。

途中、煙草の置いていないコンビニで西森用にビニール傘を買う。店内には派手な服装の女達が商品を物色している。

店を出ると雨は強くなっていて、帯状だった雲はいつの間にやら厚みのあるものに変わり、頭上近くで停滞している。ビニール傘を広げると賑やかな音を奏でた。

コンビニから数十メートル先にある、小道を折れた所に煙草の自販機がある。そこは数年前までは老舗の酒屋だった。当世風ではないにしろ、地元に愛されていた店だった。今はもう開かれる事のないシャッターの前、色褪せたテントの軒下には煙草とアルコールの自販機が1台ずつ暗闇に置かれていた。

ジーンズのポケットに手を入れ、首を傾げる。前ポケットに入れた筈の西森から預かったタスポが無い。後ろポケット、革ジャンと捜すが見当たらない。

祐介は軽く舌打ちした。昨夜ヤスに貸したのを思い出した。交差点の反対にあるコンビニまで行くしかない。

「使う？」

ハスキーな声に振り返る。小柄な女がテントの下に潜り込んでいた。デニムのジャケットの肩口が雨で色濃くなっている。女はタスポをヒラヒラと差し出した。

タスポを受け取り、アメリカンスピリットを2箱買う。

「君は？」

「ついでに買っておこうかな」

傘を持っていない様子から雨を凌ぐだけのつもりだったようだ。

「銘柄は？」

「ピアニッシモ」

祐介は札を1枚足して、女の煙草を買った。

「いいの？」

その問いに頷き、封を切って火を点けた。女も続いた。

「アタシもたまにやるんだ。忘れた時はホント面倒よね」

女は細長い煙を吐きながらタスポをバッグにしまった。

「これから飲み会？」

祐介は首を振った。

「アタシはこれから仕事」

女は溜め息混じりに言った。

「予報じゃ10％だったのに……」

女は恨めしそうに空を見上げた。

「仕事は？」

女は話好きなのか、身体を祐介に向けて話し始めた。小柄な体型で円らな瞳は人懐っこい犬のようだ。

「モデルとか？」

女は上目遣いに声を弾ませた。

「フリーター」

「そうなんだ。もったいない」

女は失望した言い方をした。

「イケメンだし体格に恵まれているんだから、ちゃんと就活すれば何処にでも入れたでしょ。別にフリーターが悪いとは言わないけどさ。なんか、この時間にこの辺に居る人って皆んな人生を無駄にしているようで腹が立つの。って、人のこと言えないけどね」

女は八重歯を見せた。

祐介は短くなった煙草を灰皿に投げると、止む気配のない雨のカーテンをチラッと覗き「タスポ、サンキューな」と、女に傘を手渡した。女は反射的に傘の柄を握り、目を丸くした。

「じゃあ」

祐介は革ジャンを頭から被ると、そのまま雨の街に飛び込んだ。

「ちょ、ちょっと！」

咄嗟の事に女は背中に叫ぶしかなかった。

「ねぇ！　アタシ真琴！　名前は？」

アスファルトを叩く雨のノイズで声が届かなかったのか、答えは返ってこなかった。

「何なのよ……」

真琴は煙と共に吐き捨てた。雨音以外に鼓膜を震わすものはない。真新しいビニール傘。

「カッコつけて……」

溜め息にも似た呟きに答えたのは、厚い雲の隙間を縁取る稲光だけだった。

改めて傘を買う為に祐介はコンビニへ走ったが、既に売り切れていた。

ビルに戻って階段を下り、煙草を取り出す。外箱は湿っぽいが、中の煙草は守られていた。だが、使い捨てライターは火花を散らすだけで火が点かない。

煙草を咥えたまま、雨のシャワーを浴びた革ジャンを脱ぐ。両肩口を持ち、強く払うが、意味がなかった。手摺に革ジャンを広げて簡単に干す。

階段に座って、もう一度ライターを試す。冷気がTシャツ1枚の背中に覆い被さり、体温を奪っていく。煙草を深く吸い、氷雨に濡れた身体に熱いコーヒーを流し込みたかった。

階段を下りて来る靴音に祐介は振り向いた。

「あっ」

真琴はステップで足を止め、小さな声を宙に洩らした。

「傘、ありがとう」

畳んだ傘を胸の前で掲げ、恥じらうように真琴は言った。

「別に」

祐介は視線を前に戻した。干した革ジャンの袖口から滴る水。祐介の濡れた襟足を見て、何故か切ない気持ちが胸に宿るのを真琴は感じた。

「名前……」

「岸田」

前を見据えたまま祐介は答えた。

「下は？」

「祐介」

「アタシは……」

「真琴だろ」

「聞こえてたんだ」

真琴はゆっくりと階段を下りた。祐介のTシャツに大きな雨染みが出来ている。

「声デカいから」

「やめてよ」

真琴は笑った。

「でも、どうして此処へ？」

真琴は祐介の正面に立った。このビルの地下にある店舗は『J』だけだった。真琴の後ろで重厚な錠前が開く音がした。祐介は立ち上がった。振り返った真琴の顔から柔らかな笑みは消えた。

「待たせたな」

西森は言って眉を上げた。

「おぉ、誰かと思ったら真琴じゃねぇか」

西森の声がロビーに響いた。

「嘘でしょ……」

真琴は祐介を振り返った。祐介は視線を合わす事なく、携帯を取り出した。

「たまには俺の相手もしてくれよ」

西森は先の尖った靴を、大理石に擦りながら真琴に近付いた。真琴は腕を組み、舌打ちした。

「つれねぇなぁ。一時は愛し合った仲じゃねぇか、なぁ」

西森は真琴の肩に手を回した。

「やめてよ、馴れ馴れしい」

真琴はその手を振り払った。

「おぉ、怖い怖い」

「5分でタクシー来ます」

祐介は電話を切り、ポケットにしまった。西森から煙草とは違う匂いがした。

「お前は昔からイケメンに目がねぇもんな、俺といい、コイツといい」

西森はヘラヘラと口元を緩めたが、目には鋭いものがあった。クスリをキメている目だった。

「いつからなんだ、なぁ？」

「はあ？　何言ってんの？」

呆れた口調の真琴に、西森の目に憎悪の色が浮かんだ。

「面倒臭い奴……」

真琴は煙草を取り出した。西森は干された革ジャンを見やり、「まさか、此処で始めるんじゃねぇだろうな、ええ？」と、醜い嫉妬の声を上げた。

「最っ低」

真琴は噛み締めるように言った。

「ああん？　お前、何て言った？」

西森は眉を吊り上げて聞き返した。

「最低って言ったのよ」

「最低だと？　この俺が最低だと？」

西森は両手を広げた。

「テメェ！　何見てんだ！」

西森は階段の踊り場に居たサラリーマン風の男を怒鳴りつけ、追い払った。

「お前は、今その汚ねぇ口で、この俺様を、最低と罵ったのか？」

「だからそうよ」

「面白え事ぬかしやがるぜ、なぁ祐介」

祐介はその問いには答えず、湿ったライターを点けようと試した。

「何だ、シカトか？」

「間もなくタクシーが来ます」

祐介は手を止めて答えた。

「お前、このアバズレとはもうヤッたのか？」

西森は腰を激しく振った。

「下品な言い方しないで！」

真琴は金切り声を上げた。

「下品なのはどっちだ、このアバズレがああ！」

西森は手の甲で真琴の頬を叩いた。真琴は短い悲鳴を上げ、その場に崩れ落ちた。

「ああ！　コラッ！　このアバズレが舐め腐りやがって！　誰に向かって口利いてんだコラッ！」

西森は倒れた真琴の髪を鷲掴みにした。そして右手を大きく振り上げた。

「……テ、テメェ……どういうつもりだ？」

振り上げたその手首を祐介が掴んでいた。

「真琴……」

祐介は冷淡に呟いた。

「ああん？」

西森は頭に上った血を滾《たぎ》らせ、顔面の筋肉を痙攣《けいれん》させた。

「真琴ですよ、彼女の名前」

祐介は冷笑を浮かべた。その顔は沸騰した西森の血を凍らせるに充分の効果があった。

「な、何言ってんだ、テメェ……」

「ちゃんと真琴っていう名前あるんですよ。西森さん」

ゆっくりと諭すように、そして、はっきりと脅すように西森の名を口にした。

「放せ、小僧」

真琴の手前、西森は精一杯の虚勢を張った。掴まれた腕を振り払おうとするが、前にも後ろにも動かす事が出来ない。

「真琴、ですから」

祐介はもう一度その名を刻んだ。

「チッ、分かったよ」

「ありがとうございます」

祐介は頭を下げ、ロックした腕を外した。

「ケッ、面白くねぇ」

西森は財布から抜いた3万円を投げ捨てた。タクシーが到着した。階段の上からハザードの灯りが溢れている。

「送ります」

祐介は金を拾い、西森に返そうとしたが、その手を叩かれた。

「ガキじゃねぇんだ。あのタクシーだろ。お前も今夜は好きにしろや。代わりに斉藤に連絡して、来いと伝えておけ」

「分かりました」

「じゃあな、マ・コ・トさん」

西森は冷酷な顔を真琴に向け、足元に唾を吐き捨てた。

「クズ……」

真琴は階段を上がる西森の背中に呟いた。

階段を上り切ると西森は弱まり始めた雨を背負い、2人を見下ろした。祐介は刺さるような視線を感じていた。

それは僅か数秒に過ぎなかったが、タクシーのエンジン音が遠ざかると、祐介は長い息を静かに吐いた。

「大丈夫？」

「うん……」

口元が血で滲んでいる。目の下も少し腫れていた。

真琴はバッグを拾い上げると、中から使い捨てライターを取り出した。

「店にいっぱいあるから」

祐介は受け取ると、火を点けた。

「此処で働いてるのバレちゃった」

真琴は首を竦めた。

「それだけじゃなくて、アイツと……ああ最悪」

触れられたくない過去の引き出しをこじ開けられた、そんな苦々しい表情をした。

「まさか知り合いだったなんて……」

少し声を震わせて自嘲した真琴は髪をクシャクシャに掻き、顔を隠すように前髪を垂らした。

「傘、ありがとう」

祐介は首を振った。

「あと、助けてくれてありがとう」

痛々しい赤い唇が髪の隙間から見えた。

「風邪ひかないでね。じゃあ……」

真琴はそう言い残して足早に扉の向こうへ消えた。

扉に凭れると、後頭部と背中の熱が奪われていく。氷壁のように冷たい鉄扉の向こうに祐介が居る。ハンカチの1枚でも渡すべきだった。と、真琴は悔やんだ。

西森とは半年前に、このSM倶楽部『J』で出会った。

客となり3ヶ月が経ち、初めて外で会う事にした。その夜、表参道の高級レストランで告白され、付き合う事になったが、次の日から早々に西森の女癖の悪さに悩まされた。だがSM嬢という負い目があり、咎められずにいた。

付き合った途端、虚勢と見栄を張る為に細々と金をせびるようになり、更に不在中の真琴の家に合鍵を使って侵入し、金を盗むようになった。

そして決定的な事が起こった。金を盗むだけにとどまらず、女を連れ込み、真琴のベッドで寝ていたのだ。不思議と怒りも悲しみも感じなかった。

真琴は凍りついた西森と女を置いて、静かに部屋を出ていった。

今夜の指名は全てキャンセルした。真琴の傷を見て、店長も特に理由を追及する事はしなかった。

「嘘……」

帰ろうとして店の扉を開け、真琴は息を吞んだ。祐介が居た。

濡れた革ジャンを着て、ジーンズの前ポケットに右手を突っ込み、左手から紫煙を燻らせている。真琴が店に入ってから30分以上経っていた。

「これ……」

祐介はポケットから手を抜き、握り締めた拳を広げた。広げた掌には小さなイヤリングがあった。真琴は目を丸くして、左耳に触れた。

「あっ……」

西森に殴られた時だ。

「どうして？」

「片方だけだったから」

背を向けて立ち去る時、真琴の広がった髪の隙間から、一瞬、右耳に揺れるイヤリングが見えた。だが頰を押さえていた左耳にはなかった。

「捜してくれたの？」

「雨宿りの暇潰しに」

「本当にありが……」

「ライター、サンキューな」

祐介は一方的に告げると階段へ向かって走った。

「えっ、ちょっと！」

祐介は2段抜かしで上っていく。

「ちょっと待ってよ！　ねぇ！　また会えるー？」

真琴は祐介の背中に叫んだ。祐介は上り切ると振り向きもせず、ただ右手を上げた。イエスとも、サヨナラとも取れる仕草だ。

「もうっ」

真琴は嬉しそうに頰を膨らませた。その頰に小さな痛みが走った。

イヤリングをつけ直す。雨はもう止んでいた。空を黒く覆っていた雲は過ぎ去り、澄んだ空気が広がっている。こんなにも静かな夜は上京して初めてだ。気がつかなかっただけで、何度もあったのかも知れない。目を凝らせば幾つかの星が空にはあり、その瞬く星の囁き声が聞こえてきそうなほど静かだ。

秋の村雨は突然の出逢いをもたらした。その雨のように祐介は真琴の心を濡らし、乾かぬうちに行ってしまった。でも、直ぐに逢えそうな気がした。いつもと変わらぬ景色なのに、何か違って見えた。

祐介の居た場所の空気を胸いっぱいに吸い込んだ。風邪をひいていなきゃいいけど……。真琴は小さな星に願いを込めた。


雨の出逢いから5日。仕事の前後に六本木交差点周辺を歩くようにしていた。偶然の再会を期待していた。

常にファッションとメイクには気を使った。少しでも可愛いと思われたい……。そんな風に思った事など一度もなかった。ショーウインドーに映ると手櫛で髪を梳かし、グロスを塗り直してみるものの、その度に長い溜め息を吐いた。あと少し鼻が高かったら……もう少しスタイルが良ければ……と。そうしたら、もう少し自分を信じてあげられるというのに。

今日も逢えずに終わりそうだ。そんな負の予感は必ずあたる。

六本木交差点から飯倉方面に曲がる。正面には東京タワー。真琴の好きな東京の景色。狭い通りを歩く様々な人。顔を赤らめた者、鼻歌交じりの外国人、手を繋いだ恋人達。とても幸せそうに通り過ぎていく。

祐介にはきっと素敵な恋人がいるのだろう。その彼女は心から愛されていて、祐介も愛されている。その関係を壊してまで祐介を手に入れたいのではない。

ただ純粋に逢いたいだけだ。顔を見て、ちゃんとお礼を言いたい。それ以上でもそれ以下でもない。

飯倉片町の交差点で反対側に信号を渡って折り返した。途中3人の男にナンパされ、5人の黒服に勧誘され、1人のオヤジに娼婦と間違われた。

結局、同じ様な人種とすれ違っただけで、偶然は存在しなかった。逢えないのは当然ではなく、必然なのかも知れない。

ミッドタウン前、坂を下った雑居ビルの5階。カウンター10席のみのスペインバルに立ち寄った。度数の高い酒を欲していた。シラフでは帰りたくない。今宵、こんな気持ちを引きずったまま、誰も居ない部屋に帰ったら心が押し潰されてしまう。こんな日は泥酔状態で帰り、上も下も分からぬまま、ベッドにダイブするに限る。大都会に独り身で生きる上で培った対処法だった。

横一列のカウンター。マスターと中央に座る男が1人。真琴は入り口側の端に腰掛け、サン・レオン・マンサニージャを頼んだ。62歳になる大手保険会社の重役が教えてくれた店と酒。真琴の前では従順なMだが、この店では敏腕のイメージを植え付けた大人の男だった。

このシェリー酒をグラスで4、5杯も飲めば、此処に来た記憶ごと消し去ってくれる。

シェリー酒で口を湿らせた途端、胃袋が刺激された。赤い蝶ネクタイに黒のベストを着たマスターでオールドバーテンダーの沢井に、ハモンセラーノとオリーブを注文する。これで2、3杯愉しんだら、パスタを頼んで、残り1、2杯飲んで帰る。真琴はプラン通りにオーダーした。

グラスを近づけると淡黄色の花が咲き、清涼感のある香りが鼻腔を擽る。ほんのりとした苦味が口に広がると、円《まろ》やかなアルコールが、食道を通り、空っぽの胃に流れ落ちるのを確認した。息を抜き、熟成された歴史の余韻に浸る。時空を超えて旅をしているような、この瞬間が好きだった。

アイス抜きのチェイサーを頼むと2杯目が置かれた。「あちらのお客様が宜しければと」、沢井は言った。見ると中央の客が軽く頭を下げた。真琴より先に居た事くらいで、眼鏡を掛けていたのは今になって気が付いた。

「ありがとうございます。では1杯だけ頂きます」

真琴は「だけ」の部分を強調してグラスを掲げた。今夜は誰とも話す気にならなかった。この店の良さは沢井との絶妙な距離感にあった。話したい時は聞いてくれて、静かに飲みたい時は放っておいてくれる。他の常連もそうだ。真琴の知る限り、大抵客は1人で来て、好みの酒を頼み、音楽に耳を傾け、夜の街に消えていく。

そのリズムを狂わして欲しくない。だから、この1杯だけにする。無計画な人生だったからこそ、数少ないルーティーンを崩される事に違和感を強く覚えてしまう。厚意は確《しっか》りと戴き、礼を伝えたら、また自分のペースで飲む。

店内に流れるスローサルサのリズムに身を委ねる。ぼんやりとした日常の不安が少しずつ薄れていく。

「お1人ですか?」

唐突にレコードの針を上げられた気分だった。眼鏡の男は言った。真琴は沢井を見た。沢井は困惑に首を竦めた。一見《いちげん》の客のようだ。

「ええ、まぁ」

「シェリー酒がお好きなんですか?」

男はロックグラスとコースターを手に立ち上がると、話し掛けながら真琴の方に歩み、1つ席を挟んだストゥールに腰掛けた。隣りに座ったら人が来るからと突き放せるが、1つ空いているのだから、注意するのも気が引ける。自意識過剰と言われたらそれまでだ。

「まぁ……」

同じ類の曖昧な返事をするしかなかった。酒が強いと思われたら面倒な事になりそうだし、他の種類を口にすれば、それを奢ろうとするかも知れない。

「あっ、小椋《おぐら》です」

男は名前を告げた。真琴は僅かに頭を傾けただけで自らは名乗らなかった。代わりに煙草に火を点けた。

「これ、つまみません？」

オリーブの入った小鉢が置かれた。真琴は丁重に断った。

品のあるダークブルーのスーツにボタンダウンでノーネクタイ。サラリーマンとも、そうでないとも言える。ウェーブの掛かった黒髪のツーブロックに縁なしの眼鏡。不真面目さは感じないが、大胆な行動と止まないトークは、ナンパ好きのマスコミ関係者に見えなくもない。

「此処はよく来るんですか？」

「たまに」

「じゃあ、家もお近くで？」

小椋はストゥールを半回転させて真琴の顔を覗き込んだ。真琴はその視線から逃れるように、軽く背中を向けて煙を吐き出した。

「いいえ」

「どちらですか？」

「目黒です」

実際は笹塚だった。

「そうですか。僕は恵比寿なので近いですね」

歳の頃、30を少し過ぎたくらいだろうか。男は喋り続けた。

「権之助坂の途中にある焼鳥屋さん、ご存知ですか？」

「さぁ」

住んでいないのだから知る訳がない。

「小さくて古臭いんですが、そこのレバーがとにかく絶品なんです」

「そうですか」

「是非今度行きませんか？」

「レバー苦手なんです」

本当は大好物だった。

「そこのレバーは臭みが全くなくて、ホント美味いんです」

「苦手なんです……」

お前みたいな奴な、と付け足してやりたかった。

「お名前聞いても？」

「マリです」

カウンターの端に積まれたCDの1つ、ボブ・マーリー。

「おかわり」

小椋が言う前に頼んだ。あと2杯の予定だったが、今夜はこれで終わりにする。

「おっ、来た来た」

小椋はドアに向かって手を上げた。入って来た2人の男。

「遅《おせ》えじゃねぇか」

小椋の声色が低くなり、口調が変わった。

「ほら、座れ座れ」

小椋は腰を浮かして真琴の隣りに座った。そして自分の隣りに座れと男たちに指示した。

小椋は内ポケットから洋モクを出した。角刈りの男が慌ててライターに火を点けた。

「こちらマリさん」

関わってはいけない輩。ヤクザとは違う危険な匂い。

角刈りは頭を下げ、奥の金髪は不健康な色の歯茎を見せた。

「仕事は何？」

火の点いた煙草の先端を真琴の顔に向け、急に砕けた言い方をした。

「ショップ店員」

決め打ちしていた職種を怠そうに言った。真琴も煙草を咥えた。

「大した金にならないでしょ？」

金髪はニヤついた。

「ぶっちゃけ幾ら？」

金髪が身を乗り出す。

「手取りそこそこでしょ？」

「マスター、チェック」

真琴は残りを一気に飲み干し、音を立ててグラスを置いた。

「AV出ない？」

これが小椋の真意だったようだ。

「いいよ」

真琴はあっさりと言った。

「マジで？」

小椋は目を見開いた。

「50億持ってきな」

真琴は煙を小椋の顔に吹きかけた。小椋は煙に目を細めた。

「このアマ……」

小椋の代わりに、金髪が押し殺すように言った。真琴は鼻を鳴らした。

「おい、コラ。あんまり調子乗ると攫《さら》っちゃうよ」

金髪は言って、真琴の肩を摑んだ。

「触んな！」

真琴は力一杯、金髪を突き飛ばした。金髪はよろけた勢いで、飲みかけのグラスを倒した。

「テメェ！」

逆上した金髪は真琴の髪を鷲摑みにした。真琴は悲鳴を上げた。

「お客さん！」

「何だ、この野郎」

金髪は沢井に詰め寄った。

「店めちゃくちゃにしてやろうか、なぁ！」

マスターはカウンターの端に追いやられた。

「女を拉致るぞ」

小椋は眼鏡を外した。黒目が爬虫類のように小さい。

「放せっ！」

真琴は手を振り払おうと金髪の頰を叩いた。

「いってぇなぁ。殺しちゃおうかなぁ」

金髪は欠けた細い前歯をギリギリと鳴らした。

「殺れるものなら殺ってみなよ！」

「静かにしろやっ」

小椋の拳が真琴の脇腹にねじ込まれた。真琴は髪の毛を摑まれたまま膝から崩れ落ちた。

「ったく、このアマが」

小椋は吐き捨てた。

「誰がアマだって？」

真琴は掠れた声で言った。

「アタシには……ちゃんと名前があるんだ……」

「はあ？　何言っちゃってんの？」

金髪がヘラヘラと笑った。

その時、店の扉が強く開かれた。

「何だ、お前？」

金髪が言う。

真琴はドアに向かって涙声で呟いた。

「やっと逢えた……」

そこには優しく微笑んだ祐介が立っていた。

次の瞬間、短い唸り声を残して真琴の視界から小椋が消えた。小椋は壁に背中を打ち付けていた。あまりの速さに真琴には見えなかったが、小椋は祐介のハイキックを顔面に受けていた。小椋は背中を壁に擦り付けながら床に滑り落ちた。白目を剝き、曲がった鼻筋の先から流れ出た血は顎まで染めていた。

「テメエ！」

金髪が飛び掛かる。祐介はその手首を摑むと流れるように脇の間に挟み、体を反転させ、肘を金髪の眉間にめり込ませた。金髪は鼻を押さえながら、もんどりうって床に倒れた。

角刈りがウイスキーボトルを手にした。

「イヤッ！」

真琴は目を覆った。直後、頭に向かって振り落とされたボトルの腹を、祐介は手刀で割った。砕け散るガラス片。琥珀色の液体が祐介の頭上で霧のように弾けた。

角刈りは驚きに目を開いた。祐介は右の拳を角刈りの喉に突き刺した。角刈りの黒目が消える。そして体を折り曲げ、前屈みに倒れ込んだ顔面に膝を入れた。完膚なきまで。僅か数秒の出来事だった。

「今すぐ帰れ。飲み代は気にするな」

祐介は顎の先をドアに向けた。

「これで済むと思うなよ」

顔半分を手で押さえ、血塗れの指の隙間から小椋は声を絞り出した。

煙草を取り出した祐介。小椋は「名前教えろよ」と、ドスを利かせた。

祐介は1つ肩で息を吐き、「岸田」と煙草を咥えた。

「覚えておけよ」

「俺は頭が悪いんだ。明後日までに来い」

「殺してやる!」

角刈りに肩を抱えられながら、金髪は泣き叫んだ。ドアが閉まると、祐介は振り返った。

「散らかして、すみません」

「とんでもない。こちらこそ急にお電話してしまい、申し訳ありませんでした」

小椋達の目を盗み、沢井は祐介に連絡をしていた。

祐介は膝を曲げてボトルの破片を拾った。

「危ないですから、そのままで」

沢井は箒と塵取りを手にした。床には血の跡が生々しく残っている。ウイスキーが飛び散った壁のポスター。祐介も浴びていた。あの雨の日のように、美しく繊細な横顔に真琴は見惚れていた。

「これ、先に」

祐介は5万円をカウンターの上に置いた。

「とんでもない、戴けません」

沢井は掃除の手を止めた。

「奴等の飲んだ分、この割れたボトル代、そして迷惑料です」

「迷惑なんて滅相もない」

この店と組は『業務提携』を結んでいた。

「それと……彼女の飲み代」

「ダメ、そんなの」

真琴は言った。

「じゃあ、少し飲ませてもらいます。それなら受け取って頂けますか？」

視線は正面に飾られたプレディカドール・ティントに向けられていた。

「かしこまりました」

沢井は祐介の漢気を立てた。

「真琴は？」

真琴はマスターに向かって、はにかみながら言った。

「彼と……同じのを」

グラスに注がれた輝きのある赤。真琴のシェリー酒のような透明感のある頬が、そのワインの色を反射したように染められていた。

「助けてくれて、ありがとう」

祐介の横顔に伝えた。「これ使って」と、ハンカチを差し出す。祐介は少し迷ったが「ごめん」と、頬を伝うウイスキーを拭いた。

真琴の願いは叶った……。

真琴は少しの間、柔らかなタンニンと果実の余韻に浸った。あの日、あの夜、胸にチクリと刺さった針は、いつの間にか抜け落ちていた。

月に2回は訪れていた小さなバル。この広い東京で、また奇跡は起きた。祐介が煙草を吸い終えたタイミングで、真琴は口を開いた。

「この前はありがとう。それに今夜も」

「この前？」

「うん、雨降った日……」

「ああ」

祐介の返事は曖昧だった。あれはどうでもいい昔話、忘れていた些細な日常の出来事に過ぎない……真琴にはそんな風に聞こえた。

「それよりも、コレ」

祐介は内ポケットのライターを見せた。

「あっ」

真琴が譲った使い捨てライター。

「助かったよ」

「そんな、別に……」

真琴はそう言い残して、化粧ポーチを手にトイレに向かった。このままでは泣いてしまいそうで逃げ込んだ。こんな事で、たかが使い捨てライターを持っていてくれただけで心を震わせた自分に真琴は驚いた。

鏡に映った顔。それは完全に『女』の顔だった。メイクは崩れているが、昨日までとは明らかに違う種類のものだった。

少しでも長く祐介と話がしたい。いや、真琴は自分に嘘をついていた。それ以上を求め始めている。

手早く化粧を直し、髪を整え、トイレを出る。真琴はカウンターを見て愕然とした。そこに祐介の姿はなかった。

荷物をそのままに、真琴は店を飛び出た。エレベーターが降下している。真琴は非常階段を駆け下りた。

1階まで下り、防火扉を開ける。エレベーターは既に2階に上がっていた。通りに出て、真琴は凍りついた。路上に祐介が倒れていた。

「祐介!!」

真琴は駆け寄り、うつ伏せの祐介の頭を膝の上に乗せた。祐介は睫毛を震わせた。

「祐介！　大丈夫!?」

「あ……ああ」

「一体どうしたの？　何があったの？」

「酔って転んだだけさ」

背中を支え、ゆっくりと体を起こす。

真琴は掌に生温かいものを感じた。

「血が出てる！」

祐介の頭を支えていた掌に、鮮血が付着していた。

「大丈夫だ……」

祐介は傷口を手で押さえた。倒れていた場所から2メートル先の車道に、木製のイーゼルスタンド型の看板が不自然に落ちていた。

「もしかして……」

軽い脳震盪《のうしんとう》を起こしていた祐介は目を瞬かせた。

「さっきの奴等に、あの看板で殴られたんでしょ？」

祐介は肯定も否定もしなかった。真琴はスマホを取り出した。

「何処に掛ける？」

「先ずは救急、その後に警察」

「待て」

「じゃあ答えて」

真琴は悲しみと怒りとで胸が張り裂けそうになっていた。

「さっきの奴等なんでしょ！」

通行人が視線を注ぐ。

「アタシの事、助けたからでしょ？」

「転んだだけだ」

「あっそう」

突き放すように言って、再び真琴はスマホを操作した。

「分かったよ」

「正直に話すのね？」

「その前に煙草、吸わせてくれ」


『J』に戻り、店長が呼んだ闇医者に診てもらったが、頭の傷は縫う程ではなかった。治療中に祐介は事の経緯を説明した。

エレベーターを降り、通りに出た所を後ろから襲われた。その場に倒れ、袋叩きに遭った。体を丸めて急所への攻撃を避けながら、靴の種類と人数を数えた。4人だったが、間違いなく小椋達だった。祐介は3人の靴をバルで確認していた。

バルを出た後、小椋は仲間を呼び、仕返しを実行に移した。奇襲は成功したが、呼んだ仲間が祐介を知っていた。

〈おいっ！　ちょっと待て！　コイツ、岸田……さんじゃねぇのか？〉

〈ああ、確かそんな名前だ〉

〈組の人間だぞ！〉

〈マジか！〉

〈ったく最悪だぜ！　逃げっぞ！〉

そのまま、4人は夜の街へと走り去った。

真琴は強く唇を閉じた。

祐介はまたも体を張って守ってくれた。それなのに、まだ何一つとして恩を返せてはいない。祐介が恩返しなどを望んでいない事は分かっている。でも、いつの日かきっと……。真琴は治療を受ける祐介の背中に強く誓った。


祐介が襲われてから5日が経過した。警戒はしていたが、何も起きる事はなかった。

6日目の夜、『J』を出た真琴はバルを訪れた。

「この前は、迷惑掛けてごめんなさい」

予め電話を入れていたので定位置に座ったが、客は真琴1人だった。

「気にしない、気にしない」

沢井はアイスボールを作りながら、伏し目がちに言った。

「良かったら」

沢井の愛好している葉巻と洋酒を渡す。

「そんな、わざわざいいのに」

「ううん、怖い思いさせちゃったし。何より助けてもらったから」

「助けたのは私じゃないよ」

沢井は言ってから入口を見た。入って来たのはベースボールキャップを被った祐介だった。

「えっ、何で？」

真琴は口を押さえた。祐介も目を見開いた。

「どうぞ」

沢井は澄まし顔で真琴の隣にコースターを置いた。祐介は戸惑いつつも、素直に座った。

スカートにすれば良かった……。真琴はジーンズ姿を後悔した。

祐介はビールを注文し、煙草を咥えた。手元に置かれたボックスの上には、あの使い捨てライターが対である。だが、オイルが無くなればそこで役目は終わる。

「傷は？」

祐介は大丈夫、という風に黙って頷いた。

「ごめん……」

「もういいよ」

祐介は遮るように言った。そして、長い煙を吐くと、ビールを勢いよく呷った。

「あのさ」

「何？」

嫌な予感がした。こういう時は必ずあたる。

もう俺に関わらないで欲しい……。

祐介の言葉を真琴は思い浮かべた。

「これ」

正面を向いたまま、内ポケットから出した小さな包み紙をカウンターの上に置いた。

「気に入らなかったら誰かにやってくれ」

それは有名百貨店の包装紙で、赤いリボンが巻かれていた。

「……アタシに？」

祐介は頷いた。今夜、沢井から誘われ、店に預ける為に訪れた。

「ハンカチ、ダメにしちゃったから」

真琴のハンカチは襲われた時、傷口を押さえるのに使った。

「開けていい？」

祐介は一点を見て煙草を吸っている。

「可愛い……」

店員が薦めたタータンチェックのハンカチだった。

「ありがとう……」

沢井の目配せで祐介は真琴の様子に気が付いた。

「どうした？」

祐介との出逢いは、これまでのモノトーンな真琴の人生に色彩を加えた。

逢えない時は切ない気持ちで胸が苦しくて、怪我を負った時は心配で胸が張り裂けそうになった。今までより辛い時間の方が長く、泣いた回数は増えたが、その分、逢えた時、話せた時、目が合った時は、それまでの辛かった事、全てが忘れられ、生きている事の素晴らしさを感じていた。

「泣いてんのか？」

「悪い？」

「何かあった？」

「そうよ」

「ハンカチ使えば」

「いや」

「何で？」

「何でも」

「変な奴だなぁ」

「祐介に言われたくない」

だって、使ったら汚れちゃうでしょ。もったいなくて使えないよ。だから一生使わずに、大切に仕舞っておきたいの。

そう言ったら重たいだろうなぁと、真琴はその言葉も心の引き出しにそっとしまった。

沢井はその様子を微笑ましく見ていた。

おしぼりを目尻にあて、沢井の差し出したティッシュで鼻をかむ。真琴の鼻が赤くなっている。色白なだけに、より強調されている。

「笑ったでしょ」

「いや」

祐介は視線を逸らした。

「絶対笑った」

真琴は祐介の顔を覗き込んだ。

祐介は白い顔の真ん中の赤い鼻から日の丸弁当を想像して吹き出した。

「ごめん……。一杯奢る」

2人は赤ワインで乾杯した。

真琴の予感は外れた。このところずっとそうだ。祐介に出逢ってから、何だか調子が悪い。感覚が鈍くなったのか、感情に変化が出たのか分からないが、1つ言える事は、世の中そんなに悪くないって事。自分の中の世界に浸かってしまわない方がいいって事。殻を破って飛び出してみると、今までと違う自分に出逢えた。

最初は眩しくて見えづらいけど、慣れてしまえば大丈夫。見た事のない景色、聞いた事のない音色、感じた事のないリズムがそこにはあり、毎日を少し楽しくしてくれる。それを祐介が教えてくれた。

折角、この星に生まれたのだから、頑張ってでも楽しまないと勿体ない。1日だって無駄にしない。この瞬間を、懸命に生きていく。

これでいい。これ以上でも、これ以下でもない、これで。そうすれば、ずっとこの関係でいられる。

だから、これでいいの。そうでしょ、祐介。

静かに酒を飲む祐介の横顔を見て、真琴はそう思った。

※

クリスマスイヴから3ヶ月。

洗足池の畔。花冷えが3日続いた翌日、季節を一気に飛び越えた初夏の陽気となり、冬を耐え忍んだ染井吉野が一斉に満開を迎えた。池の向こうには、メレンゲのように桜が咲き誇っている。

ハナはデジカメを片手に、水面に映る逆さの桜を写真に収めようとしている。

「綺麗……」

優しい南風が一瞬止んだ。ハナはその瞬間を逃さず、手中に収めた。その上を滑るようにボートが行き交う。

「乗ろう」

ハナは祐介のパーカーの袖を引っ張る。

「そんなに慌てなくても」

「1度きりの人生を無駄にしたくないだけ。美しい時間は刹那的に過ぎ去るのよ」

ハナは片目を瞑って見せた。

「もしかして、初？」

さっきからボートは上手く進まず、水面に円を描いていた。

「道具を使ったモノは苦手なんだ。野球とか」

「テニスやゴルフも？」

「多分」

「あと勉強」

ハナは舌を出した。祐介は仕返しにボートを揺らした。

「ちょっと祐介」

慌てるハナを笑う。ハナは「お返しよ」と言って、池の水をすくった。

「冷たっ！」

ボートは幸福な時間を乗せ、ゆっくりと流れた。ハナに出逢わなければ、祐介は人生の今日という1日を無駄に過ごすところだった。

水面は巨大なレフ板のようで照り返しが強い。ハナはレースの日傘を広げ、サングラスを掛けている。

池の畔では花を愛でる者、ランチタイムを過ごす者、散歩を楽しむ者。多種多様な人が短い春を思い思いに謳歌している。

「太陽って偉大だね」

唐突に話題を提供してくれるハナに、祐介はいつも楽しませてもらっていた。

「だって私達がこうして桜を楽しめるのも太陽のお陰でしょ」

桜の花弁が風に舞い上がる。

「感謝を忘れたらバチがあたる」

「感謝ねぇ」

「桜だけじゃなくて、こうして生きていられるのも太陽があるからよ」

「バチねぇ」

欠伸をしながら答えるとサングラス越しに睨まれた。

「太陽はいつも見守っているの」

祐介は少し動揺した。幼い頃、同じ言葉を耳にしていた。

「私が見てなくても太陽は見ているのよ」

「俺の行動を？」

祐介は初耳のフリをした。

「そう、チェックしてるの」

ハナはサングラスを下にずらして目を光らせた。

「おお、怖っ」

祐介は両腕を抱えて肌を摩った。

「そう、悪い事は出来ないのよ」

祐介はやれやれと大袈裟に溜め息をついた。

「でも日食ってロマンティックよね」

次の講義が始まった。

「素敵だと思わない？　あの全てを照らす太陽が隠されて闇に包まれるなんて。想像しただけでもゾクゾクしちゃう」

今度はハナが腕を摩った。

「短い生涯の中で、見られるか見られないか。それも僅か数分間しか味わう事が出来ないなんて、そんな蠱惑的な感じが素敵」

「コワクテキ？」

「うん、何か妖艶な色気がある」

砕いて説明されても理解出来ない祐介を置いて、ハナの講義は続いた。

「次回の金環日食は東京でも見られるんだよ」

「キンカン？」

祐介はポカンと口を開けた。

「そう、まるで天空に出現した金色の指輪みたいに美しいの」

ハナはそのリングを細い指にはめたように、左手を太陽に翳《かざ》した。

「その暗闇の中では誰もが本当の自分でいられる」

「太陽が隠れて見ていないから？」

「そう、太陽も知らない数分間……」

眩しい空に手を翳す。アンタッチャブルな事案に触れるスリリングな瞬間。それは初めてハナに出逢ったあの夜に感じたコワクテキなものに似ているのかも知れない。時を超えて再び、祐介は太陽に感謝した。


ハナの言った通り、美しい春は刹那的に過ぎ、次の季節を迎えた。

石段を上がる。此処は都内とは思えない程、狭いながらも緑に覆われていて、気温は周辺より低く感じる。目を閉じれば郊外の避暑地のようで、苦い記憶が付き纏《まと》う蝉の声ですら心地よい。

途中に咲くサルスベリ。等間隔の桜の樹。その向こうに広がる高層ビル群。風に吹かれた枝葉の隙間から夏の白い陽射しが溢れては波のように消える。それは壊れた映写機が映し出した古い映画のように繰り返されていた。

幼少期から何も変わらない風景。その普遍的な光と影を、子供の頃の祐介は不思議そうに見ていた。つまり、変わるのはいつも決まって人間の方だ。

祐介自身もそうだ。良くも悪くも日々変化していた。此処に足を運ぶ事で昨日とは違う自分がいる。今までの祐介に〈時間があるから墓参り〉という選択肢は無かった。やはり何かが変わり始めている。

そのきっかけはハナだ。ハナと出逢ってからの祐介は確実に変わった。

この小さな変化の積み重ねが、いつか誰かの大きな幸せになり、それが祐介の成長へと繋がっていく。ハナがそう教えてくれた。

桶に水を汲み、幼いころ手を引かれた道を1人歩く。周りに比べて一際小さな墓石。長く伸びた雑草。それらを抜き取り、熱を帯びた簡素な墓石に柄杓《ひしやく》で水を掛け、手を合わせる。

蟬の声の隙間から電車の転動音が遠くに聞こえる。息を潜めると雑音は消え、天国で暮らす2人の会話が聞こえてきそうだ。きっと今なら祐介の声も届くに違いない。

「おばあちゃん……」

目を開け、想いを口にする。

「今更だけど……自転車ありがとう。自転車の事だけじゃない。夏はアイスを買いに行ってくれた。クリスマスにはケーキを作ってくれた。ねぇ、おばあちゃんはさ、自分の為にお金を使った？　いつも同じ着物ばかり着てさ。美容院など行かず、自分で髪を切っていた……」

思い出して笑った。何故か泣けてきた……。

「頼んだアイスが無くて、別の物を代わりに買ってきてくれたのに不貞腐れたりしてさ。腰が悪いのにわざわざ行ってくれたのに……。俺の為に何でもしてくれたのに。いつも味方になって側に居てくれたのに。それなのに、俺は馬鹿だから何も孝行しなかった……ホント酷い孫だった……」

止め処なく涙が溢れ出た。こんなにも感情的に泣くなんて初めてだった。

「どうかなさいましたかな？」

その声に慌てて袖口を使い、汗を拭うフリをして涙を隠す。

「何でもありません」

この寺の住職だ。

「岸田さんの……」

住職は墓石の名を見て記憶の糸をたぐっているようだ。

「はい」

答え合わせをするように、幾つかの些細な過去を取り上げて「立派な青年になられた」と、これまでの祐介の経緯を知らぬ住職は言った。そして話は富士子に向けられた。

「実に素晴らしい人でした」

空豆形の頭に鉤鼻《かぎばな》の住職は窪んだ目を墓石に向けた。

「酷暑の時も厳冬の時も……」

家から寺までは徒歩20分。晩年は腰痛に悩まされていた。そんな中で通っていた。それを思うと胸が痛い。

「富士子さんはいつも貴方の話ばかりでしたなぁ」

「どんな話ですか？」

「まぁ、話しても怒られないでしょう」

そう言って住職は墓石を見た。それは天国の富士子に確認し、許しを得る時間のように思えた。

「富士子さんにとって初孫の貴方は目に入れても痛くない、それ程までに溺愛なさっていてね。笑った顔は勿論の事、泣かれても怒られても嫌われても、可愛くて可愛くて仕方がないと」

祐介は思い通りにならない時、怒りの矛先を富士子に向けていた。

「あと何年一緒に過ごせるか分からないが、1日でも長く、成長を見守っていたい。欲を言えば、成人した姿を見たい、そう笑っていらしたのが印象的でね……」

実際はランドセル姿も見る事が出来なかった。

「貴方の為に……そう言ったら少々重たい話に聞こえてしまうかな？」

「いいえ、続けて下さい」

住職は1つ頷いた。

「貴方の為に少しでも足しになればと貯金をなさっていた。娘さん、つまり貴方のお母様が仰ってましたよ、年金の殆どを貴方の学費に残していたそうです」

祐介の為になけなしの金と、残りの人生を費やした。贅沢など一切せずに。溺愛されている事に甘え、何の孝行もせずに先立たれ、初めてその真実の愛情に気付き、救いようのない後悔の波に襲われた。

「お喋りが過ぎました」

住職は富士子に詫びるように青々とした空を見上げた。

「いいえ、ありがとうございました」

「また何かあったらいつでも」と、住職は本堂へと戻った。

短い涼風が額の汗を浚《さら》う。墓石に向き直る。

「今日はもう帰るよ……」

線香の煙に逃げるアキアカネを追い掛けていた少年の頃。あの日に帰れないとしても、この汚れた状況を少しずつ洗い流して生きていく事が富士子への恩返しなのかも知れない。

階段を下り切ると、祐介は来た道を振り返り見上げた。急で長い階段。それは祐介の人生そのものだ。

転げ落ちるのは簡単だ。落ちたら傷付くのは当然だ。だが、落ちたら起き上がり、また上がればいい。祐介には上がる意味が見つかったのだから。

ハナが居るのなら、どんなに落ちようが、どんな落ち方をしようが、何度でも上がれるような気がした。

4

六本木は変わった。正確に言えば、変わったのは近代的に整備された街並みと、そこを往来する人間の背格好や服装くらいで、この街で暮らすようになった頃から、訪れる者の精神は今も昔も変わっていない。

激動の時代をこの店と共に過ごした。中学卒業後に上京し、押上の町工場で丸5年、昼夜を問わず働いて金を貯めた。今のスカイツリー辺りに工場はあったが、バブル崩壊と共に倒産した。工場を辞め、飯倉の和食屋で2年間働いた。そこで基本的な食材知識と調理技術を学び、上京して8年目の初冬、六本木の廃れた定食屋を居抜きで購入し、店を構えてから数え切れぬ程の苦難を乗り越えてきた。

その不完全且つ、不安定な人生の中で心から愛した女が1人だけいた。カオルという名の雪のように白い肌の女だった。カオルの首元、右耳の下あたりには女の拳大程の火傷の痕があった。子供の頃、湯が煮えたぎる薬缶を誤って倒してしまった時のものだとカオルは言った。

白い肌に残る紫色の痕は、まるで雪の上にスミレの花弁を落としたように目を奪われるが、松岡にはその様子が、至極官能的に見えた。松岡はカオルを死ぬ程愛し、そして殺したい程憎んだ。

1つ歳下のカオルは生まれも育ちも東京は三宿。私立高校を中退後、渋谷のディスコで働きながらプロのダンサーを目指していた。

六本木に『まつおか』という定食屋（後の中華料理・大蓮）をオープンさせて間もなく、2人は知り合った。

カオルが閑古鳥の鳴く店に立ち寄ったのが出逢いだった。オーディションの帰り。鯖の塩焼きを気に入ってくれた事がきっかけで、2人は距離を縮めていき、やがて店の2階で半同棲生活を始めた。

カオルは無類の酒好きだった。酔っては店内のフロアで踊った。その姿に松岡は惚れた。踊り終えると、親への愚痴と叶わぬ夢を溜め息と共に吐き出していた。そんなカオルと住んで半年が経った頃。

「デキたって……」

「うん……」

カオルは腹を優しく摩った。その横顔は既に母親の表情をしていた。女が持つ潜在意識の中にある母性。動揺は直ぐに感動へと移行した。カオルを、そしてお腹の子も一緒に抱き締めた。カオルと子供を必ず幸せにする。松岡は心の中で誓い、夜明け迄、その細い肩を抱き締めた。月の綺麗な夜だった。

金木犀《きんもくせい》の甘美な香りが漂う10月。小さな女の子が生まれた。名は珠子。カオルに似て、真珠のように美しい顔立ちをしていた。松岡はこの小さな命に心を奪われた。

珠子の左耳は生まれつき聞こえていなかった。帝王切開による気圧の変化が原因と医者に説明された。代われるものなら代わってあげたい。珠子の耳が聞こえるようになるのなら、自分は聴力を失ってもいい……松岡は心から願った。

結婚に反対だったカオルの両親も、珠子が生まれて変わった。孫の顔見たさに週に1度は六本木に足を運んだ。松岡は心底幸せを噛み締めていた。だが、そんなささやかな幸せも長くは続かなかった。

店のリニューアルが決まり、その開店準備に追われていた午後。珠子が2歳の時だった。オープンを2日後に控えて慌ただしく過ごしていた。つい珠子から目を離してしまった。店の扉が僅かに開いていて、その隙間から泣き叫ぶ珠子の声がした。松岡は中華鍋を放り投げて外に飛び出た。カオルも後を追う。

「珠子!?」

珠子がうつ伏せに倒れて泣いている。傍で野良犬が珠子を見下ろしていた。痩せ細った犬は、今にも珠子に喰らい付きそうだった。頭に血が昇る。松岡は履いていたサンダルを犬に投げて追い払う。気が動転し、足が縺《もつ》れた。

「珠子!!」

抱き起こすと、左瞼が血で染まっている。一瞬、頭が真っ白になる。隣でカオルが泣き喚いている。タオルで止血し、裸足のまま、珠子を抱えて防衛庁脇の病院へ走った。

幸い傷は浅く左眉の下を5針縫う程度で済んだが、女の子の顔に傷を付けてしまった事を2人は悔やみ、嘆き、そして互いを罵った。

「お前が確り見ていないからだろ！」

「私だって働いてるのよ！」

「子供を第一に考えて目を離さないのが母親の仕事だろ！」

「あんたの稼ぎが少ないからでしょ！」

売り言葉に買い言葉。松岡は自制心を失った。

「転がり込んで来たのはお前の方だろ！」

「私は自分の夢を捨てたのに！」

「何だと！」

カッとなった松岡は、ついカオルの頰を平手打ちしてしまった。後にも先にも女に手を上げたのはこの時だけだった。松岡は謝る事も忘れ、わなわなと震え、立ち竦んだ。カオルは左頰に手を当て、目を見開いたまま松岡を見た。カオルはその場に崩れ落ち、哀しい声で泣いた。こんな筈じゃなかった……カオルもそう思ったに違いない。背後に視線を感じた。目を覚ました珠子がガラス障子に手を掛けて立っていた。

「珠子……」

松岡は思わずカオルを叩いた右手をポケットに隠した。珠子は眼帯をしていない右目で松岡を睨んだ。珠子に気が付いたカオルは泣きながら立ち上がると、パジャマ姿の珠子を抱えて2階へと上がった。カオルの肩越しから松岡を見る珠子の瞳は憎悪に満ちていた。小上がりに並んだ小さなサンダル。この夜からカオルの心は急速に離れていった。いやそうではない。本当はもっと前から2人の関係は破綻していた。その関係性を変えようと店を改装したのに、結局それが仇となった。

　オープン当日の朝を迎えた。太陽は隠れているが、明け方まで降っていた雨は上がった。開店準備は朝5時過ぎに終わった。

　カオルに手を上げた夜、あの直後、カオルは荷物を纏め、珠子を連れて足早に出て行った。実家に帰ったのだろう。松岡は何度も止めた。だがカオルは無言を貫き、目すら合わす事なくタクシーに乗った。珠子はお気に入りのウサギのぬいぐるみを抱え、引きずられるように連れて行かれた。松岡が買ってあげたぬいぐるみだった。

　開店の11時半まで4時間。仕込みに入る。広く感じる厨房。トランジスタラジオからは流行《はや》りの歌謡曲。流石《さすが》に今日は戻って来るだろう。手にした荷物はボストンバッグ1つ。あの時は収まりが付かないから仕方ないとしても、一昼夜が経ち、煮え滾った腸《はらわた》も今は冷めている筈だ。カオルが両親に、どう伝えたのか気にはなるが、そこは喧嘩両成敗だ。

　カオルの行動が手に取るように分かる。子供染みた所が母親になっても抜けていない。逆に松岡は冷静さを取り戻し、充分に反省した。大人として、潔く謝罪しよう。カオルの事も許す。全てを水に流して、やり直す。犬も食わない夫婦喧嘩の原因が野良犬というのも因果なものだ。

　9時過ぎ。開店祝いの花が4つ届く。施工業者と酒屋から各1つ、残りは定食屋時代からの常連客。華の無い店には有難い限りだ。付き合い下手な松岡にしては充分な数だった。

　10時を回る。何度も入口に目をやるが、2人の姿はない。帰り辛いのは分かる。意地を張る性格も知っている。きっと開店ギリギリで帰って来るに違いない。申し訳なさそうな顔をぶら下げて。珠子の顔を見て泣いてしまわないようにするだけだ。そう高を括っていたが、開店時刻を迎えても2人は戻らなかった。

今日から1週間、全品半額を謳っていたので客足は順調だった。入口の扉が開く度に、客を歓迎する威勢の良い声を発するが、松岡は直ぐに顔を曇らせた。本当に見たい顔が入って来ない。

正午を迎えると満席になり、短い行列が作られた。1人でオーダーを取り、調理し、会計を済ませ、食器を下げた。嬉しい悲鳴も開店から1時間が経ち、ただの悲鳴へと変わった。ついに手が回らなくなった。注文した料理がなかなか出ない事に文句を言う客や、回転の悪さに並ぶのをやめて途中で帰る者が出てきた。

松岡は忙しさから生まれた苛立ちを、徐々にカオルへと向けていた。この大切な日にくだらないプライドを捨てられずに帰って来ない事。染めた髪の生え際が黒く伸び始めていた事。塞がれたピアスの痕。洗濯物の干し方と畳み方。鮨を醬油に浸して食べる事など、細かい所まで気になり、それが嫌悪感へと繋がる。

遂に苛立ちは怒りへと変わった。一方的な憎悪は当然のように膨れ上がり、行き場を無くした怒りが客に向けられた。

松岡は客商売という事を忘れ、無愛想になり、文句を言った客に舌打ちをし、口論へと発展した。客は千円札を叩き付け、食事もそこそこに、怒鳴り散らして店を出た。松岡はその客を追い、丸めた千円札を背中に投げた。激昂した客の男は、突進して来た勢いそのままに顔面を殴り付けてきた。松岡は水溜りの上に大の字に倒れた。男は捨て台詞を吐きながら去って行った。

泥水が背中に染み込んでいく。暫くそのまま天を仰ぎ続けた。今日はこれ以上、厨房に立つ気にはなれない。幼稚なのは松岡の方だった。女1人も幸せに導けない、ただのガキだった。

夜の営業は取り止めたが、常連客の加山に促されて14時迄は営業し、暖簾を下げた。山積みの汚れた食器。散らかった伝票。油塗れのテーブル。松岡は店の酒に手を伸ばした。

夜の帳が降り、ラジオからはビター・スウィート・サンバが流れた。結局、2人は戻らなかった。加山が置き忘れたピース。珠子が生まれてから松岡は禁煙していた。久し振りに火を点ける。口に広がる焦げ臭い苦味。煙が目に沁みる。込み上げた怒りにテーブルを叩くと、灰皿がひっくり返った。

寒さに起きる。テーブルに散乱するビール瓶と日本酒の一升瓶。直後に襲われる頭痛と胸焼け。2つに割れそうな頭を抑え、トイレに駆け込む。

開店2日目から休業する訳にもいかず、その日も定時から店を開けた。食事のメニューは30品。全てのオーダーを受けていたら昨日の二の舞だ。ランチメニューをラーメン定食、炒飯定食、レバニラ定食の3コースに絞った。それぞれラーメンには半炒飯を、炒飯とレバニラには半ラーメンを餃子と共に付ける。水はセルフ、食べ終えた食器もカウンターに置くようにと貼り紙に指示を書いた。

回転率も良く、売り上げ目標の設定金額を大幅に超えた。だが、店の売り上げに充実感が比例する事はなかった。入れ替わる目の前の客に応対してはいるが、心の目が見ているのはカオルと珠子の面影だった。それは車窓から見る景色に似ている。目の前の景色は一瞬で流れていく。それに反して遠くの景色はゆっくりと流れている。結局、客の顔など誰一人覚えていなかった。

夜の営業に向けた仕込みの手を休め、カウンターに座る。目の前には鳴りを潜めた黒電話。ラジオでは子供の何気無い日常の疑問に、コメンテーターが懸命に答えている。珠子の声が、そしてカオルの声が聞きたい。煙草に火を点けると受話器を手にした。

4回目のコールが終わり、受話器から聞こえたのは義母の声。名を告げると声のトーンは下がった。カオルに代わって欲しいと伝える。留守だと一蹴された。珠子も一緒に出掛けたと冷たく言い放たれた。義母の向こうで珠子の声が聞こえたが、問い詰める事はせず、電話を切った。

その嘘は義母の勝手な判断なのか、それともカオルの指示なのか分からないが、4日経っても諸悪の根源が松岡に有る事に変わりは無いようだ。女に手を上げたのだ。言い訳の余地も無い。だが珠子は自分の子でもある。電話口に出さない権利が誰にあるというのだ。

グラスに注いだ酒を一口含む。今夜も店を開けなければならない。信用問題もあるし、食材も使い切らなければ悪くなる。何よりも借金の返済をしなくては。これ以上、長引くようなら、明後日の定休日にカオルの実家へ乗り込んでやる。禁煙は2年で終わり、再び習慣となった。

午前6時過ぎに目が覚めた。カーテンから漏れる陽射し。10時に着くのが理想だ。髭を剃り、寝癖を直す。着慣れないスーツを箪笥《たんす》の奥から引っ張り出す。これで誠意は伝わる。洗濯機を回し、部屋と店の掃除をした。荒れていた日々を勘付かれたくなかった。

カオルの実家に行くのは正月以来だった。三宿交差点でバスを降り、池尻デパートで果物の缶詰セットを購入した。酷く緊張している。

家が見えてきた。木造2階建てのモダンな家。ベランダには珠子の服が干されている。切なさに息苦しくなる。早くこの手で抱き締めたい。

チャイムを鳴らす。玄関脇の沈丁花《じんちょうげ》に見惚れていると、静かにドアが開いた。出て来たのはやはり義母だった。外に出て、後ろ手にドアを閉めると、蔑んだ目で構えた。

松岡は頭を下げ、今回の事を詫びて、続け様にカオルを呼んでくれと頼んだが居ないと言われた。松岡は強く懇願した。これで諦めたら出向いた意味が無い。松岡は食い下がった。だが義母は頑として返答を変えなかった。松岡は全身が燃えるように熱くなり、その場でカオルの名を叫んだ。義母は必死に止めに入った。どうやら本当に不在のようだ。カオルの性格からして耳を塞ぎ、身を小さくして隠れるようなことはない。松岡は一旦引き下がる事にした。今日はどうせやる事が無い。幾らでも待ってやる。そして3人で六本木に帰ると心に決めた。

家を見渡せる電話ボックスの脇。煉瓦を積み上げた小さな花壇に腰を下ろす。此処は冬の名残がある冷たい北風を避けられ、少しばかりの陽だまりとなっている。

珠子の肌着が柔らかい風に揺れている。両掌で包めてしまう位に小さかった珠子が、あんなにも成長している。

子育てが最も大変な時期と知りつつ、忙しさに託《かこつ》けて、珠子の面倒の殆どをカオルに任せていた。カオルは店に立ちながら育児と家事を熟《こな》していた。そんなカオルに手を上げた自分に、今更ながら嫌気がさす。もう二度としない。冷たい水で洗濯をするカオルを想像して誓った。

3本目の缶コーヒー。公衆トイレが近くにあって助かった。煙草が切れた。2人が戻ったらやめるので丁度良い。

陽が少し傾き始めた。待ち伏せして3時間。静かな休日の午後に不釣り合いなエンジン音が響き渡る。国道246号から進入して来た1台のスポーツカー。閑静な街並みに現れた硬質な黒いボディと騒音は、決して風景に溶け込む事なく、異質だ。

青い空に白い排気煙を吐き出しながら、カオルの家の少し手前で止まった。フロントガラスに太陽を反射させたマツダ・サバンナGT。車内に2つの影が揺れる。助手席に座っていた短い髪。カオルだった。

松岡は陽炎《かげろう》のように立ち上がった。カオルはそんな松岡に気付く素振りもなく、軽快な足取りで運転席側に回り込んだ。男がウインドーを開けた。笑顔で腰を曲げるカオル。肘をドアに掛けた男。屈んだまま首を傾げたカオル。そして2人は熱いキスを交わした。松岡は白昼夢を見ているようで、周囲から音が消え、呼吸が止まった。

キスを終えると名残惜しそうに車は動き出した。見送るカオル。バックミラーの男に肘を曲げ、軽く手を振る。車は走り去り、大通りに抜ける道へと消えた。動く事も、声を出す事も出来ずにいると、カオルが静かに振り返った。

「嘘……」

カオルはキスの事実を隠すように口元を押さえた。松岡は動揺するカオルを睨む事などせず、寧ろ薄ら笑いを浮かべて見ていた。

カオルは見慣れたブルージーンズを脱ぎ、出逢った頃に好んで着ていたボヘミアンファッションを纏っていた。メイクも香水も母になる前のカオルだった。

「何しに来たの？」

開いた胸元と胸の内を隠すようにカオルは腕を組んだ。肩には見覚えのあるスポーツバッグ。

ダンスレッスンの帰りのようだ。

男の事を尋ねると、有名なダンスグループのプロデューサーだと説明した。ダンサーになる夢を諦め切れず、仕事欲しさに密な関係になったのだろう。松岡は一気に冷めた。ネクタイを緩めながら珠子の事を尋ねる。

「家だけど」

松岡は歩き出した。

「ちょっと」

カオルが前に立ち塞がる。細い肩を躊躇なく払い除ける。珠子の名を叫びながら松岡は歩く。腕を摑むカオルを突き飛ばす。玄関のドアを開ける。小さな靴が揃えて置いてある。

「ぱぱ……？」

珠子が囁いた。ずっと家に居たのか分からないが、玄関に顔を覗かすと、よちよちと歩いて来た。

跪《ひざまず》いて抱き締めると、柔らかい髪が頰を擽る。この髪に触れたのが随分と昔のように思えた。弾力のある肌。まだミルクの匂いがする首元。

「帰って」

松岡の背中に鏃《やじり》のような冷たい言葉が刺さる。

「パパと一緒に帰ろう」

珠子は松岡とカオルを不安な表情で交互に見た。

「さぁ、行こう」

珠子を抱き上げる。

「勝手な事しないで」

「勝手なのはお前の方だろ！」

松岡は声を張り上げた。

「ぱぱ……いたい」

「あっ、ごめん」

襖越しに静観していた義母が間に入り、珠子の為にも今日は一旦引き上げるようにと言った。

確かにそうかも知れない。

「珠子、ごめんよ。今日は帰るね」

正常な右耳に口を寄せて、優しく頭を撫でる。

引き裂かれる思いで松岡は立ち上がる。そして視線を外したカオルの香水臭い耳元に顔を近付けた。

「次回は連れて帰るからな」

押し殺すように伝える。

「二度と来ないで」

唇を殆ど動かさずにカオルは言った。

「お前などに用は無い」

カオルは一点を見つめている。その視線の先の未来に松岡の存在はない。

「ほざいとけ、売女《ばいた》が」

この一言で2人の関係は跡形も無く消えた。

「あんたなんて叩く価値も無いわ」

カオルは血の通わぬ口調で言った。

「ストリップ小屋で風邪引くなよ。珠子に感染《うつ》したら殺すからな、踊り子さん」

「出てって……」

カオルは悔しさに震えている。珠子の目の前で手を上げたくないのだろう。

「珠子、またね」

松岡は満面の笑みを浮かべた。

「またね、ぱぱ」

珠子は小さな歯を見せ、無邪気に手を振った。カオルはドアを閉める間際に怒りを堪えながら
「次に来たら警察に連絡するから。本気よ」と、平坦に呟いた。

ドアを閉める手に目がいく。その薬指には既に結婚指輪は無く、日焼けの跡だけが虚しく残っていた。どうせ安物のリングだ。松岡は渡せなかった手土産を公園のゴミ箱に投げ捨てた。ついでに指輪も捨てる。まるで自分自身のように、中味の無い、軽い音を立ててゴミの中に埋もれて消えた。


どうやって六本木まで帰ったのか覚えていない。見慣れた筈の電灯が自分の家の物だと認識するのに数秒を費やした。酒に逃げた挙句、それに溺れる。典型的な破滅型だ。

重い腰を上げ、風呂を沸かす。少しでもアルコールを抜かなくては仕事に支障をきたす。煙草

に火を点ける。

渋谷辺りの小道に入り、赤提灯を見つけ……日本酒を頼み……。それからの記憶が曖昧だ。煙草のフィルターが口の端にあたると短い痛みが走った。脱衣所で鏡を見ると口が切れている。喧嘩……。隣に座った男と口論になり……殴られた。

風呂に浸かる。珠子の表情やミルクの香りを思い浮かべては、それを掻き消すカオルの香水臭。珠子の澄んだ瞳に、重なるカオルの冷たい視線。そして知らぬ男との情事。

松岡は湯の中に顔を沈めた。無音の世界で結論が浮かぶ。離婚届をカオルに突き付け、珠子を連れ戻す。これが今やるべき最優先の事案だ。風呂から上がり、急いで身支度を整えた。


「出て行った？」

松岡は耳を、そして義母を疑った。だが事実だった。今朝、荷物を纏めて出て行ったと言う。あの男の家だ。カオルのしたり顔が頭を掠める。

246号沿いを歩く。松岡の知らぬ間に情事を重ね、最終的に籍を入れるという事か。仮に離婚裁判を起こしたとしても、逢い引きを証明するものがない。逆に手を上げた事を日常的な暴力のように仕組まれる可能性も否めない。親権は母親の方が圧倒的に有利だ。風に吹かれながら六本木まで歩く。次の日、松岡のもとへカオルの判が押された離婚届が速達で送られてきた。

明くる日、離婚届を提出した。3年足らずの短い結婚生活。こんな日が訪れるとは。決してカオルの事で感傷に浸っているのではない。そこで手にした唯一の宝、珠子を失った事が辛い。日常の景色の何処を切り取っても、そこに珠子が居た。珠子が残りの人生の全てだった。公園を走る躍動感を、ランドセルを背負う誇らしい姿を、花嫁衣装に頬を染める日を。その美しい一瞬を見るのを楽しみにしてきた。それを失った今、何を目標に生きていけばいいのか。

珠子はいずれ、実の父と過ごした日々を忘れていく。それは成長という避けては通れない人生の上書き。記憶は秒単位で更新され、海馬の底へと沈んでいく。その過程で存在すら消されていくのだ。自殺という選択肢が過《よぎ》る。そんな勇気など微塵もないくせに……。自暴自棄に頭を抱える。

この別れが珠子の為になるのなら、きっと乗り越えられる筈だ。

松岡は立ち上がり、この狭い家の大半を占めるカオルの所有物を段ボール箱に纏めて三宿に郵送した。松岡はこの店と共に生きていくだけだった。

ランチタイムの途中で身体の節々に痛みを感じた。それは風邪の兆候を報せている。夜の営業までは3時間半。少しでも症状が悪化せぬよう、2階で横になる。

瞼の裏に温かい光を感じる。深い眠りに就いていたようだ。西日を受けた顔が内側から火照《ほて》っている。身体の怠さと喉の痛み。風邪など滅多に引かないから常備薬すら無い。仕事着の上から厚手のコートを羽織り、松岡は薬局へと向かった。

薬の他にマスクや喉飴を手にレジに並ぶ。前には3人の客。目の前の若い女性客がトレンチコートのポケットから携帯を取り出す。バックライトに浮かび上がる画面に、ふと目が留まる。松岡は画面を二度見した。

一瞬ではあるが、画面には仲睦まじく顔を寄せ合う2人の女が映っていたのを確認した。画面右側の若い女が、カオルに似ているように見えた。支払いを終えた女性客が振り返る。松岡は心臓が止まる程の衝撃を受けた。女性客の顔には、あの頃のカオルの面影がちりばめられていた。

そして、左側のもう一人の中年女。その女の首元には、スミレの花弁のような痕が見えた。写真の2人は友達ではなく親子と見るべきだろう。するとこの女性は……。

止まりかけていた心臓が強く高鳴る。女性が店外へと向かう。松岡は購入を諦めて、レジカウンターに商品を置き、平謝りすると女性の後を追った。

女性は30代に見えた。珠子とそう変わらない年齢の筈だ。最後に見たのは3歳手前。女性の顔を見たのは一瞬。この女性が成長した珠子なのか確信などある訳がない。

もし仮に珠子だとしたら、六本木に何の用で、この時間に居るのだろう。勤務先が六本木で帰宅前に薬局へ立ち寄ったのか。それとも食事に来たついでなのか。混乱と動揺の中で様々な事を考えた。職業は？　結婚は？　子供は？　そしてカオルは今……。紙切れ1枚で始まった関係は、紙切れ1枚で終焉を迎えた。所詮は血の繋がりがない赤の他人。だが、その中で結ばれている唯一の繋がり。松岡は歩幅を合わせてその背中を追った。

モスグリーンのトレンチコートが街に揺れる。アップに結んだ髪から伸びる長い首筋。大人になった珠子を想像した事はあったが、具体的な容姿を形にする事は出来なかった。

カオルの両親が健在の時は何度も接触を試みたが、取り付く島もなかった。カオルと珠子が暮らす場所も摑めず、途方に暮れる日々に、いつの間にか探すのを諦めてしまった。怪我の功名ならぬ風邪の功名。この千載一遇のチャンスを無にする訳にはいかない。

珠子——松岡は前を歩く女をそう呼ぶ事にした——は、六本木通りを西麻布方面に曲がり、暫く歩くと誰かに手を振った。小走りしたその先、雑居ビルの前に男が立っていた。軽く立ち話をすると2人はエレベーターに乗った。ランプは4階で止まった。有名な高級焼肉店だ。薬だけを買うつもりだったので所持金は5000円弱。だが、迷う事なくエレベーターに乗る。ドアが開くと正面に曇り硝子の扉がある。横にはスタンドに載ったメニュー。スンドゥブチゲなら支払える料金だ。松岡は扉を開けた。

店内は半個室のテーブル席が幾つかあり、奥は完全個室のようだ。韓国訛りの店員に待ち合わせだと伝え、店内を物色する。時間帯が早く、空席が目立つ。奥の半個室にコートを脱ぐ珠子の姿を見つけた。その横の席に座る。

トイレのついでに隣りを窺う。男の姿が正面に、珠子は通路に背を向けた席で、セーターの肩口しか確認出来ない。談笑に花を咲かす男は50代前半に見える。

スンドゥブチゲを啜りながら、隣りの会話をチェックするが、小声過ぎて聞き取れない。年齢を考慮すれば、男は妻子ありと考えるのが普通だ。または自分同様バツが付いている者。母親の男運の無さは、松岡自身が証明してしまった。そのカオルのDNAを持つ珠子。体調に関係なく、今夜は臨時休業となった。

入店して1時間半が経過した頃、男がテーブルで会計を済ませた。松岡も店員を呼び、会計を伝える。店員は漸く帰る客に安堵の表情を浮かべた。松岡は先回りしてビルの外に身を隠した。

2人が出てきた。思わず声を失う。珠子は男の腕に自らの腕を絡ませ、上目遣いに微笑んだ。首筋から脇腹の辺りに掛けて寒気とは違う何かが走る。額の汗が風に吹かれ、熱を奪われていく。珠子が見せた、男に捧げる潤んだ瞳は、松岡の記憶する珠子の瞳とは180度掛け離れていた。

それは傷一つ無い水晶のような瞳ではなかった。あの天使のような珠子が、小さな可愛い指を広げ、よちよち歩きしていた珠子が、夜の帳が下りた六本木を、年の離れた男と腕を組んで歩いている。知ってか知らずか、自分の生まれた街を。それも実の父親に尾《つ》けられながら。やはり珠子ではないのかも知れない。今となってはそう願い始めている。時が経ち過ぎて、面影が微塵も感じられないのは当然だが、あまりにも短く、美しい思い出に縛られていた松岡は、突如訪れた冷酷な現実を受け入れられないでいる。

2人が肩を寄せ合い、歩き出した方向は六本木交差点方面。この状況からやはりホステスと客の関係という可能性が濃厚だ。

切れ長の瞳に薄化粧。ホステスにありがちなキツい香水の匂いもしない。小さなピアスは丸の内のビジネスシーンでも違和感が無い。バッグのルイ・ヴィトンもOL風だ。足元は黒いパンプス。派手さは無いが、カオルや松岡が持ち得ない品格を感じる。

年齢的に既婚、未婚、離婚経験ありと色々な状況が考えられる。すると、また新たな疑問が浮かぶ。珠子は過去に戸籍謄本を見た事があるのだろうか。あの年齢だ。実の父親が別に居る事は分かっているに違いない。そもそも、カオルは松岡の存在をどう伝えているのだろうか。此処から目と鼻の先に住んでいるのに、珠子の方から会いに来る事は1度もなかった。真実を知りたい。

2人は六本木通り沿いのビルへ入った。エレベーターの前には数名の男性客とイヤホンモニターを付けた黒服が居た。何食わぬ顔で珠子の後ろに並ぶ。

此処は地下2階、地上9階の全てが飲食店となっている。大蓮からは徒歩5分。珠子が此処で働いているのならば、何度かすれ違い、肩が触れた事もあるかも知れない。そんな偶然が過去に起きていたならば、珠子に気付けなかった松岡は親として失格と言える。

黒服が珠子に気付いて会釈した。珠子の店の関係者ではない挨拶の仕方だ。エレベーターを待つ男の1人が振り返った。祐介だった。

※

エレベーターから離れた大将に、祐介は2ヶ月振りの挨拶をした。

「此処へは？」

大将はテールランプが赤く膨張する六本木通りを向いたまま言った。祐介もそれに視線を合わす。

「人に呼ばれました」

ビルの4階にあるキャバクラに来いと西森に呼ばれた。

「幾らか金貸してくれないか？」

「勿論です」

大将は下りてきたエレベーターへ足早に向かった。寒さからなのか、大将の顔が少し赤く見えた。ドアが閉まると、ボタンも押さずに大将は下を向いた。エレベーターの中では若いグループが黒服に値段と女の質を再確認している。この街では見慣れたシーンだが、違うのはこの景色に大将が映り込んでいる事だ。

何故、大蓮の営業時間中に大将がこの空間に居るのか。それも手持ちが無い状態で。休業日なら普段着の筈だ。３階でエレベーターが止まると若者グループが黒服に促されて降りた。

パネルは７階のみ点灯している。目の前には年齢差のある男女。大将も同じ階で降りるようだ。到着し、開ボタンを押して男女を先に降ろす。２人は口を揃えたように礼を言った。

10万円を差し出す。

「こんなには」

「とりあえずです」

バイトで雇われていた分際でとは思ったが、祐介は少しでも役に立ちたかった。

「直ぐに返す」

「いつでも大丈夫です」

「祐介」

金をポケットにしまうと、大将は言った。

「少し付き合ってもらえないか」

大将はクラブ『綾』の方へ、不安に曇る目を向けた。


ドアの向こうは洞窟のような薄暗さで、Ｌ字形の通路の奥から賑やかな声が届く。

「いらっしゃいませ」

大将の服装に、対応したボーイは視線を上下させた。

「お二人様で宜しいでしょうか」

「ああ」

大将は気もそぞろに答えた。そして人差し指を通路の奥に向けて「今、入った同伴の女性は？」と、尋ねた。

「マキさん……ですか？」

ボーイは首を少し傾けながら奥を覗いた。

「ご指名でしょうか？」

「ああ、まぁ……そうだな……」

大将は鼻の頭を指先で掻いた。

「可能？」

口籠る大将の代わりに祐介は割って出た。

「ご指名料が掛かりますが」

「構わない」

「マキさんは同伴中でございますので、暫くお飲みになってお待ち頂く事になりますが」

大将は頷いた。

「お時間どうされますか」

「マキさんが付いてから1時間で」

「いや、少しでいい」

「そうですか。ではマキさんがお座りになって、次のご指名が入るまでにしましょうか」

「ああ」

大将は伏し目がちに答え、2人は奥へと案内された。

通路の先は雨雲を抜けたような別世界で、店はワンフロア全てを占有していた。

中央にはミラーボールが回転している。突き当たりにはカラオケ機器が設置されたステージがあり、スポットライトが向けられている。ボックスシートの数は8つ。40人で満席になるだろう。早くも6つのボックスが埋まり、様々なジャンルの客で賑わっている。ネクタイを締めたサラリーマンも居れば、革ジャン姿の若者も居る。ループタイをした老紳士の姿もあった。

「こちらにどうぞ」

ホステスの平均年齢は40歳前後に見える。大将は席に着くまでの間、マキの姿を探すように首を左右に動かしていた。通された席は偶然にもマキが座るボックスの隣りで、大将は背中合わせに座った。大将はコートも脱がず、深紅の背凭れに寄り掛かった。

「此処に居て平気なのか？」

ミラーボールの光が一定の間隔で大将の顔を斜めに撫でていく。

「はい」

「失礼しまーす」

若菜というホステスが紹介された。若菜は大将と祐介の間に座ると、腕に何重にも巻かれたアクセサリーをガチャガチャと鳴らしながら名刺を差し出した。太腿を惜しげも無く露わにした若菜の歳は41、42というところだろうか。その割にはネジが抜けたような甘ったるい話し方をする。

若菜はディオールの香りを振り撒きながら焼酎の水割りを作り始めた。

「私も何か戴いてもぉ……？」

若菜は上目遣いで言った。

「どうぞ」

借りた金では気が引けるだろうと、大将の代わりに祐介は答えた。

「ありがとぉ」

若菜はその鼻に掛かった声と一緒に、服と同系色に塗られたネイルで彩られた掌を、祐介の太腿の上に置いた。一瞬、祐介は眉根を寄せた。その時、ふと亡くなった母・美保子が頭を掠めた。美保子もこの街でホステスとして生きていた。天職と思わない限り、この業界は想像以上にキツい世界だ。若菜もこの仕事で家族を養い、子供を育てているのかも知れない。そう思うと、不快感は不思議と薄れた。

※

「カンパーイ」

若菜の発声に2人は黙ったままグラスを掲げた。若菜は変わった客が来た話を始め、最後まで話し終えると1人で笑った。松岡は頃合いを見て尋ねた。

「マキさん？　凄く素敵な人よぉ」

松岡の声に合わせて、若菜も背中を気にしつつ小声で答えた。

「私の2つ上だから、39かなぁ。あっ、年齢の事は聞かなかった事にしてねぇ」

珠子の実年齢とマキは一致した。

「面倒見が良くて誰からも好かれる人ねぇ」

「確か結婚を」

松岡は珠子と顔馴染みという素振りでカマをかけた。若菜は一瞬、迷った顔を浮かべたが、声が漏れぬように口の横に手の甲をあてた。

「ご存知なのねぇ」

松岡は若菜の言葉に頷く。

「でも酷い旦那よねぇ。あんな素敵な人をねぇ」

若菜は含みある言い方をした。

「ああ」

松岡は平静を装った。珠子は結婚していた。それも不幸な結婚生活を送っているというのか。

「でも、別れて正解よねぇ」

若菜は太い眉を寄せながら言った。松岡は言葉を失い、頷くのが精一杯だった。

「子供……」

「失礼しまぁす」

松岡の声を遮るように、もう1人のホステスが紹介された。

「初めまして、千代です」

松岡は途中で止められた言葉を酒で流し込んだ。

「こちらの方、マキさんのお知り合いなんですって」

若菜は松岡の太腿に手を添えた。

「別に知り合いって程じゃあ……」

松岡は口籠った。

「あら、じゃあ、もしかしてマキさんにホの字って事かしら」

「何を馬鹿な……」

松岡は咳払いを1つして視線をテーブルに落とした。そして散々喋り倒した若菜は、接客時間を終えるとグラスの酒を飲み干して「ご馳走様でしたぁ」と、テーブルを去った。

「賑やかな人でしょう？」

千代は悪意なき言い方で微笑んだ。

「あの大きな声もたまに役に立つんですよ」

千代は若菜の後ろ姿を見て続けた。

「役に？」

「ええ、だってマキさん、片方のお耳が不自由でしょ」

瞬時に血液が沸騰し、煮え滾るような興奮を覚えた。それは身体の隅々まで張り巡らされた血管を圧迫し、松岡の視野を狭めた。

「耳が……」

熱に浮かされ発した譫言《うわごと》のように、松岡は呟いた。

「ですから、若菜さん位の声の大きさだと、きっと話し声も聞きやすくて助かっていると思いますよ」

若菜を気遣う、優しさだと分かった。無論、松岡の素性やマキを指名した真の目的に気付いての事ではない。

「あの2人、プライベートでも会っているみたいですし」

千代は優しく微笑んだ。

談笑する今の座り位置、街を歩いていた時の立ち位置。どちらも相手の左側に珠子は身を置いていた。

松岡は顔をおしぼりで拭った。酒も入り、熱が上がってきている。

「大丈夫ですか？」

「ああ」

熱の事は黙っていたが、若菜の独壇場の間も祐介は松岡の体調を気遣っていた。

やがて背後で人の影が動いた。同伴時間を終えた珠子が客と席を立ち、見送りへと向かった。

数分後、遂にその時が来た。

「ご指名のマキさんです」

ボーイが紹介すると、珠子は軽く会釈をし、ソファーの左端に座った。

「電話してきます」

祐介が席を立つ。

「気にしないでくれ」

松岡は気を遣って立った祐介に、そのまま階下へ向かっても構わないという意味を含めて言った。

「マキです。ご指名ありがとうございます」

珠子の声には透明感があった。

「名刺、受け取って頂けますか?」

品があり、丁寧な口調。膝が触れ合う距離。名刺には漢字で真輝と書かれていた。珠子を連れて来たボーイが直ぐに戻って来た。ボーイは膝を曲げて千代の耳元で何やら囁くと、千代は「ここで失礼します。ご馳走様でした」と言って席を外した。祐介の指示であろう。松岡は実の娘と思しき女と2人きりになった。

「お作りしますね」

華奢な腕の先にある、白く長い指でマドラーを回す。細身の体型はカオル譲りだ。横顔を見る。通った鼻筋もカオルそのものに見える。厚みのある唇は松岡に似ている……ような気がした。

「どうぞ」

薬指を見る。

「すまない」

指輪は嵌めていない。

「お住まいはこの辺りですか?」

「あ、ああ、まあ……」

薄化粧にピンクのルージュ。切れ長の奥に埋まる黒い瞳がカオルと重なった。

「ごめんなさい、お洋服がお仕事着でしたから」

何シーズンも着たコートに、油が飛び跳ねた作業着。薄い頭髪に白いものが交じった無精髭。珠子の瞳に松岡の姿はどう映っているのだろう。

「どうぞ」

珠子が新しいおしぼりを差し出した。額から汗が滴る。

「ありがとう」

大人の女。当然だが、あの頃の純真無垢な面影はない。それだけの時が過ぎていた。

「そんなにかしこまらないで下さい」

珠子の接客は若菜のそれと違い、落ち着いていた。

「初めまして……ですよね？」

「勿論……」

松岡は慌てて視線を外した。

「そうですよね。何処かでお会いしたような気がしてならなくて」

目では認識不可能な血縁の匂いを嗅ぎ分けたのか。珠子は松岡の顔をじっくりと覗き込んだ。

「それ、ホステスの常套句だろ？」

嫌味な言葉が口を衝いて出る。

「気を悪くなさったらごめんなさい」

気を悪くしたのは珠子の方だろう。何故、悪態をついたのか、松岡は分かっていた。珠子にカオルの匂いを感じているからだ。

「ところで、私の事はどちらで？」

タチの悪い客に慣れているのか、珠子は直ぐに笑顔を取り戻した。

「何処だったか……それより、何か1杯」

「はい、いただきます」

珠子はボーイに目配せした。

「ご指名戴いたので以前どちらかでお会いしたのではと……」

「いや」

「そうでしたか。何度もすみません。もし、お会いしていたのに忘れていたら失礼かと思い、しつこくお尋ねしてしまいました」

珠子は胸に手をあてて謝った。

「この仕事はどれ位？」

松岡は首を横に振ると、直ぐに話を切り出した。

「もうすぐ10年になります」

「ずっと六本木で？」

「はい。この店は2年ですが」

20代後半から珠子はこの街に居た。憶測と妄想が次から次へと押し寄せた。

「お仕事はこの辺りですか？」

「旧防衛庁……あ、今は……」

「ミッドタウン」

「そう、それだ」

「覚えづらいですよね」

「年寄りにはな」

「私もです」

「まだ若いじゃないか」

「いいえ」

「俺は60も後半だ」

「お若いですね」

「棺桶に片足を突っ込んでる」

「だとしたら、私は片足を上げた頃かしら」

「片足で立てるだけ羨ましい。この歳になると簡単によろけてしまう。それで棺桶に入り損ねるかもな」

珠子は清楚に笑った。その笑顔に染められ、松岡も久し振りに笑った。

「もう少し飲まれますか？」

「頼む」

珠子はさり気なく、飲みやすい緑茶割りに変えた。

「こんなカッコで申し訳ない」

「いいえ」

「あの、お名前お聞きしても？」

「……山崎」

カウンターに並んだウイスキーの銘柄を口にした。

「失礼ですが、お店を？」

「ああ、中華料理屋だ」

「お店のお名前を教えて頂いても？　今度是非お伺いしたいわ」

「大した店じゃない」

「とんでもない」

「本当さ。この街には他に美味い店がゴマンとある」

「オススメは？」

「さぁな」

「全てでしょうけど、私、レバニラが子供の頃から大好きなんです」

「知り合いの中に、俺の店ではレバニラしか食べない奴がいる」

「私も、お店に行ったら必ず注文するんです」

「好きなんだな」

「はい。母がよく作ってくれたんです」

珠子は思い出に浸るように微笑んだ。

「お母さんは？」

松岡は1枚目のカードを切った。

「2年前に亡くなりました」

松岡は息を呑んだ。

「それはすまなかった……」

「いいえ」

松岡は狼狽を必死に隠した。

「幸せな人生だったでしょうから」

珠子は優しく首を振った。

「ご病気か何か？」

「ええ、まぁ……」

「すまん、不躾な事を聞いて」

「いいえ。子宮ガンでした。気が付いた時にはもう手遅れで」

「それはとても残念だ……」

カオルとの日々が走馬灯のように蘇る。あんなに憎んでいた筈なのに、心臓を握り潰されるような痛みが走った。

「暗い話をしてごめんなさい」

「いいや、俺の方こそ」

「レバニラはどんな感じですか」

珠子は微笑み、話題を戻した。

「普通だよ」

松岡も気持ちを落ち着かせようと心掛けた。

「ウチのは半熟のスクランブルエッグを最後にトッピングするんです。そうすると癖のあるレバーが食べ易くなるからって。母のアイデアのお陰で、子供の頃から大好きになったんです」

レバーが苦手だったカオルの為に、松岡が考えたトッピングだった。

「じゃあ、最後にウスターソースを？」

「そうです！」

やはりこの子は珠子に違いない。

「流石プロですね」

「他には？」

「えっ、そうですね……何でも作ってくれました。子供の好きなカレーとかハンバーグとか。魚も食べなきゃダメって、鯖の塩焼きが多かったですね。レバニラと鯖の塩焼きって、おじさんが好むみたいなメニューが頻繁に食卓に並んでいたので、私も早くからおじさん化してましたね」

珠子は笑ったが、松岡は笑えないでいた。

「失礼だが、ご結婚は？」

2枚目のカードを切った。

「答え難いなら構わない」

「いいえ、してました」

若菜から聞いた通りだった。

「3年で別れましたが」

奇しくも松岡とカオルの結婚期間と同じだった。松岡が持つ負の運命を珠子にも背負わせてしまっていた。

「でも別れて正解でした。今はとても幸せに暮らしています」

珠子はグラスを静かに飲み干した。松岡は珠子の酒をもう1杯注文した。カオルも珠子に今と同じ台詞で、松岡との離婚《わかれ》を伝えたのだろうか。

3枚目のカードを切る。

「お子さんは？」

「女の子が1人」

孫が……居た。この世界に松岡と血の繋がった人間がもう1人存在していた。

松岡の心は震えていた。この世界の何処かで小さな命が誕生し、生きている事に。

「歳は？」

「15歳です。この春から高校生になります」

珠子は嬉しそうに話した。

「あの……」

「何でしょう？」

「あんたにとって、お子さんの存在とは？」

ナイトクラブに来た一見の客が尋ねる話ではないだろう。それでも珠子は嫌な顔をせず答えた。

「そうですね、月並みかも知れませんが、全てです」

珠子は幸せな表情を浮かべた。それは紛れも無く母親の顔だった。あの頃に見たカオルと同じ顔だった。

「父親が居ないので、娘には散々辛い思いをさせてきました。それでも心優しく育ってくれました。中学2年生の時、家計を助けたいから進学しないと言った事もありましたが、ちゃんと高校に入ってくれました」

「いい娘さんだな」

「偉くなくても、一番じゃなくてもいいんです。何かに向かって努力を怠らず、日々を懸命に生きたと感じてくれたなら、それで良いと私は思っています」

松岡は心から感銘を受けた。だが、もう1人の自分がそこで終わらせなかった。

「この仕事は大変だと思う。娘さんに働いてもらって楽をしたいと思った事は？」

カオルと一緒に暮らした、あのスポーツカーの男に、松岡は今も嫉妬している事に気付いた。男はカオルと共に、珠子をこんなにも立派な人格者に育てた。だから性悪な一言が口を衝いて出る。それでも珠子は優しい眼差しのまま、首を横に振った。

「思いません。娘の為にする苦労は親として当然の事ですから。母もそうしてくれましたし、父親の愛を知らない娘の方が苦しんできたのですから」

松岡は何も言えなくなった。それは娘の心情ではなく、珠子が少女時代に感じた、松岡に対する憎悪に思えてならなかった。

「私は娘から沢山のものを貰い、多くの事を学びました。裕福じゃなくても心から笑う事が出来ました」

ステージでは若い客が、自分が生まれる前の古い曲を熱唱している。カオルと当時よく聴いていた矢沢永吉の『安物の時計』だ。

「ささやかな夢を描き、向かい風でも歩ける力を得る事が出来ました。そんな日々の中で娘から無償の愛を教えてもらいました。娘が笑えば私も笑い、娘が悲しむと私も悲しい。夢があるなら全力で応援します。ただそれだけの事なのですが、私にとっては唯一の真実なのです。それが全てだという意味です」

華奢な身体の中にある芯の強さに松岡は絶句した。

「娘は私の前では決して弱音を吐かないですし、泣きもしません。でも泣きたい日もあるでしょう。だから私も弱音は吐きませんし、人前では決して泣きません。泣いて現実から逃げるのは嫌なんです。そう決めたんです。離婚した時に……」

松岡は真実の親子愛を娘から教えられていた。

「もし娘が泣いたら、泣いてくれたら……。その日が来たら、ただ静かに抱き締めて、気が済むまで泣かせてあげたい。でも一緒に泣いたりはしません」

珠子は口元に微笑みを浮かべた。

「私まで泣いてしまったら娘が泣けなくなります。私を心配して、私に遠慮して泣くのをやめてしまうでしょう。そういう子なんです。かなりの親馬鹿ですね」

松岡は首を横に振った。

「だから私は泣くのを堪えて、ただただ、抱き締めてあげるのです。それが母親の役目だと私は思ってます」

松岡は細かく頷いた。

「以前は父親の強さも持って接しなければと考えた時もあります。でも私にはそれが出来ないのだと気が付きました。恐らく、父親には父親にしか出来ない事があるのでしょうね……」

「あんたが泣く時はいつなんだ？」

「そうですね……強いて言えば、娘が何かを手にした時でしょうか」

珠子は上目遣いに考えると言った。

「夢や目標に向かって努力をして、それを達成した時です。それが他の人には大した事じゃなくても、娘にとっては大切な事なのですから」

「夢や目標は他人と比較するものではない。本当に娘さんを愛しているんだな」

「はい。私から生まれて来てくれた、たった1人の娘ですから……」

松岡は自分とカオルから生まれた、たった1人の娘を見つめた。

「すみません、長々と自分の話ばかりして」

「謝らないでくれ。聞いたのは俺の方なんだ。謝らなきゃいけないのは俺の方なんだから……」

松岡は父親としてそう言ったが、珠子が真意を捉える事はなかった。

「ところで……」

カラオケが止んだ。

「何でしょう？」

「あんたの……お父さんは？」

松岡は最後のカードを切った。珠子はマドラーを回す手を止めた。

「父ですか……」

珠子は一点を見つめ、聞き返すような、独り言のような、そんな呟きを口にすると、もう2周ばかり氷を踊らせて「どうぞ」と、緑茶割りをコースターに置いた。

松岡は返事を待った。酷く、長い時間に感じた。

「私……」

珠子は1拍置いてから「父親は居ないんです」と、他人事のように笑った。

「そうか……」

それ以上、松岡は何も言えなかった。珠子もそれ以上、何も口にしなかった。カオルは、あのスポーツカーの男とも早々に別れていたという事なのかも知れない。

「ごめんなさい、お時間のようです」

珠子は現れたボーイを見て言った。

「ご馳走様でした」

透明感のある頬が薄氷に閉ざされた桜の花弁のように、ほんのりと染まっている。

「もし……」

ボーイが立ち去ると、松岡は珠子の目を見た。

「もし、次に生まれ変わって、人生をやり直せるとしても、同じ親から生まれ、今の子を産んだ自分の人生を望むのかね？」

珠子は小首を傾げただけで、答えを口にする事はなかった。


エレベーターの前。今まで味わった事の無い複雑な感情が松岡の胸中に渦巻く。間違いなく珠子だった。だが結局、それを珠子本人の口から確認する事は出来なかった。珠子は美しく、立派な大人に成長していた。それでいいじゃないか。松岡はそう結論づけた。カオルに線香の1本すらあげられなかった事は心残りだが、このまま何も告げずに去る事が珠子の為だ。

「外は寒いのでしょうね……」

珠子はエレベーターのボタンを押した。

「夜になると一気に冷え込みが強くなりますね……」

一緒に暮らしていた頃、もっともっと珠子に触れておけば良かった。様々な後悔が松岡を襲う。もっともっと遊んであげれば良かった。

「風邪も流行っているようですし……」

目尻に皺が刻まれている。沢山笑って、人知れず、沢山泣いてきたのだろう。

「肺炎を引き起こす可能性もあるそうで……」

死ぬ気で探せば逢えていた筈だ。負い目を感じ、再会を避けていたのは松岡の方だった。

「先週の話ですが、実際にお客様で……」

松岡は珠子の横顔を強く見つめた。

「だから、調子悪いなと思ったら……」

瞼の傷、目立たなくて良かった。

「エレベーター混んでるみたいですね」

子供の頃は親のエゴで住む世界を決められ、今度は子供の為だけに、この夜の世界で生きている。

幼稚園の時はどんなお遊戯をした？

小学校の運動会、転ばなかった？

中学では部活に入っていた？

修学旅行は何処に行った？

どんな夢を描いていた？

「やっと来ましたね」

エレベーターが到着する。

ドアが開き賑やかな声が溢れる。中には上階からの客4人が乗っていた。

「すみません、1人乗ります」

初めてのオムツ替え、初めての風呂、初めて笑ってくれた日、初めて歩いた日。全部覚えている。

そんな珠子が大人になり、妻になり、母になった。そして永遠の決別《わかれ》の時が来た。

エレベーターに乗ると、珠子は今までと違った表情で松岡を見据えた。

「ウサギ……」

〈開〉ボタンを押したまま、珠子が呟く。

「ウサギのぬいぐるみ……覚えてますか？」

止まっていた時計の針が再び動き出した。珠子の瞳に透明な雫が重なる。

「今もあるんだよ……」

美しい雫が頬を伝う。珠子は声を震わせた。

「ちゃんと持ってるんだよ……」

珠子は気が付いていた。

「今も……大切に……」

決して泣かないと言っていた珠子が……泣いている。

子供の時のように目に大粒の涙を浮かべて……。

「目がちっちゃくて、お腹が大きくて、不器用で、怒りん坊で、でも本当は優しくて……ママの言ってた通り」

「……カオルが？」

「今夜は……」

ボタンから指を外す。ドアは閉じられていき、珠子の肩幅まで迫った。

「……ありがとうございました」

それは、この世で最も美しい、子供の頃に見た笑顔と一緒だった。

「さようなら……」

ドアの幅が珠子の唇くらいになる。

「……パパ」

ドアの向こうに、珠子は消えた。

「珠……子」

時計の針は止まった。

雑居ビルの陰に身を隠し、松岡は泣いた。

嗚咽《おえつ》が収まり、六本木通りに出る。

正面のガードレールに祐介が腰掛けていた。

「いつから……」

祐介は何も言わずにハンカチを差し出した。松岡は視線を外した。

「厚意は……ですよね」

そう言って、祐介は照れ笑いした。

まるで失恋したガキだった。

帰り道、ふと見上げた空に、月がぽっかり浮かんでいる。その鮮やかなオレンジ色を見て、珠子が生まれた日に咲いていた金木犀の花を思い出した。金木犀の花言葉は『陶酔』。そして、もう1つの花言葉を松岡は口にした。

「初恋……」

松岡は静かに自嘲した。


再会の夜から3日間、松岡は寝込んだ。

5日目の夕方、店を開けた。久し振りに仕入れた食材の下拵えに思わぬ時間を費やした。普段のメニューには無い鯖の塩焼きを、今夜は無料で振る舞う事にした。最後にカオルに食べさせてあげたかった。それだけが心残りだった。殺したい程、あんなに憎んでいたのに……。

5

経験の無い緊張が押し寄せる。体に細い穴が開き、そこから入り込む隙間風が心臓を震わせ、締め付けるようだ。着慣れないスーツは、この日の為に銀座のダンヒルで新調した。ハナがプレゼントしてくれたティファニーのチーフを胸元に添える。これで心許無い隙間風を少しばかりは防げる筈だ。

祐介はハナと出逢い、将来を少しずつ考え始めていた。いつまでもこの世界に居座るつもりなどさらさら無い。

近い未来でさえ暗闇の状態で、明日すら見えぬ祐介の人生に、ハナは明確に、その闇の向こう側にある輝かしい景色を見させてくれた。

その素晴らしい将来の手前にある、まだ闇の中の今日、この時。遂にハナの両親と会う事になった。

ハナの家が田園調布にあると知ったのは初詣の帰り道。一流企業の創設者の孫娘だとハナは仕方なしに答えた。

高校卒業後、ハナは有名私立大に通いながら大蓮でアルバイトを始めた。

六本木という土地柄もあり、ハナの噂を嗅ぎ付けた芸能事務所のスカウトが店に頻繁に訪れたが、ハナは全く興味を示さず、名刺すら受け取らなかった。一度試しにやってみたらと、辟易《へきえき》するハナに祐介は言った。

「知らない人に好奇の目で見られるのは嫌。何よりも祐介と会う時間が減るでしょ」

そう一蹴され、祐介は内心ホッとした。

田園調布駅。待ち合わせ時間まで少しある。放射状に広がるロータリーの先に、ハナの自宅がある。


——ママが会いたいって。

——うん。

——パパは?

——同席して欲しい。

——頑張ってね、祐介。

祐介は交際している事を自分の口でちゃんと伝え、ハナの両親に認めてもらいたかった。

到着のメールをしようと携帯の電源を入れた途端、本体がバイブした。画面には留守番電話サービスのメッセージ。西森の了承を得て、今日は終日フリーだった。だから敢えて、携帯の電源をオフにしていた。

問い合わせると3件ともヤスからだった。メッセージは全て、連絡を寄越せと怒鳴り散らし、切られていた。

すると、ヤスから連絡が来た。

〈テメエ、全然繋がらなかったじゃねぇか！〉

ヤスは怒号を発し、直ぐに声色を変えた。

〈西森さんが殺られた……〉

想定の範囲を大きく超えた事態に祐介は声を失った。

〈六本木に来い。何分で来れる？〉

脳をフル回転させるが空回りしている。

〈何分だ！〉

ヤスは声を張り上げた。

「……1時間で」

〈何処に居る？〉

「横浜です」

別の地名を挙げた。

〈横浜？　洒落た事ぬかしやがって〉

ヤスは苛立ちに鼻を鳴らした。

〈30分で来い。日曜の朝だ。高速飛ばさせれば何とかなるだろうよ。『J』に居る。急げよ〉

電話は一方的に切れた。舌打ちを放ち、虚空を見つめた。途方に暮れていると、祐介の名を呼ぶ声がした。

「おはよう」

ハナが息を切らして走って来た。

「……何かあった？」

異変に気が付いたハナが祐介の顔を覗いた。

「ちょっとトラブルが。本当に申し訳ないんだけど、時間を変更させてもらえないかな」

ハナは「うん」と即答した。

「ごめん……」

「大丈夫よ」

ハナはいつも通り、いや、それ以上に笑って見せた。

「夕食には間に合いそう？」

断っても問題ない、そんな言い方だった。

「どうかな……」

「こっちは気にしないで」

「すまない」

「さっ、急いで」

ハナが無理に微笑んでいるのが、祐介は苦しかった。ハナに菓子折りを手渡し、後ろ髪を引かれる思いでタクシー乗り場に向かう。

「祐介」

タクシーのドアが開く。

「スーツ、凄く素敵よ」

ハナは両手の指を重ねてハートマークを作った。祐介に気を遣わせぬよう、ワザと明るく戯けて見せている。

「ありがとう」

その言葉だけを絞り出し、祐介はタクシーに乗り込んだ。ドアが閉まる。

ハナは肘を曲げて小さく手を振った。2人はウインドーに掌を重ねた。互いの温もりは冷たい硝子に虚しく断ち切られた。


タクシーを降りる前に周囲を確認する。人影は見当たらない。

インターホンの音が静まると、重く頑丈な金属の鍵が2ヶ所開錠され、ドアがゆっくりと開かれた。出迎えたのは真琴だった。

「おはよう、祐介」

着替え中だったのか、真琴はジーンズ姿にグレーのショート丈のタンクトップ。臍《へそ》にはパールのピアスが光っている。見ているだけで風邪をひきそうだ。

「朝からすまない」

ノーメイクにボブヘアー。艶のないアッシュブラウンの髪には外ハネの寝癖が付いていた。

「大丈夫よ」

真琴は気怠そうに長い欠伸をした。涙を指で擦りながら仄暗い廊下を進んだ。中に入るのは初めてだった。

右に受付カウンターがあり、在籍する女の顔と全身写真、料金表が掲示されている。真琴は黒のボンデージを身に纏い、赤いピンヒール姿で仁王立ちしている。そこには女王の風格があり、目の前の質素な女とは真逆の世界で生きているようだ。

　真琴の背後を歩く。その小さな背中には、深紅の薔薇の枝に絡まる蛇のタトゥーが首筋から右肩にあり、腰には鮮やかなブルーバタフライが刻まれていた。

　左右の壁には等間隔に設置されたガス灯をモチーフにしたランプが怪しい影を落としている。その下には歴史上、拷問に使われていた道具がオブジェとして打ち付けてあり、客の持つ歪んだ性癖と快楽への願望に拍車を掛けている。

　床は大理石で、ランプの灯りを反射させている。それは氷の張った池のようで、無意識のうちに祐介を慎重に歩かせていた。

　夜の帳が下りた頃、赤いピンヒールの音が、この廊下に調教開始を報せる鐘の音として響き渡る。

「此処よ」

　最奥の個室前。この鉄製ドアにも覗き窓があり、ヨーロッパの古城の地下深くにある牢獄を彷彿とさせる。

「なんかあったら声掛けて」

　真琴の後ろ姿を見送り、ノックをすると、軋んだ音を立てながら僅かにドアが開かれた。

「入れ」

　ヤスは顔を半分だけ覗かせると、祐介の背後に誰も居ない事を確認した。

　8畳程度のプレイルーム。天井からぶら下がる2つの裸電球の1つだけが頼りなく灯り、空調の風に揺れている。簡素な構造が狂気的な雰囲気を醸し出している。外界と遮断された異質な地下牢にはエアコンと換気口、剝き出しの和式トイレがあり、拘束プレイに使用する枷《かせ》とチェーンが壁を支配している。

海老茶色にくすむ革のソファーにヤスは反り返った。祐介は中央に置かれたパイプ椅子に座った。ヤスは氷嚢を拾い上げると左腕に擦りあてた。怪我を負っていた。

「そのカッコは？」

ヤスは足元から祐介を見た。

「七五三か？」

笑えない冗談に「ヤスさんこそ」と返す。

電球の薄灯りに慣れると、ヤスが至るところに返り血を浴びていることがわかった。ヤスはジャケットの裾を広げながら「俺はA型だからB型の血を貰ってもな」と舌打ちし、経緯を説明した。

昨夜は六本木のヒップホップが流れるクラブのVIPルームで西森達は飲んでいた。祐介は喫茶店で待機していた。斉藤がフロアで踊るホステスをナンパしたタイミングで、祐介は解放された。

客も疎らになった夜明け前。酩酊状態の西森はヤスと斉藤に肩を支えられ、店を出た直後、覆面姿の暴漢4人に襲撃された。幸いにもホステス達は化粧室に立ち寄っていて難を逃れた。ヤスと斉藤は木刀でそれぞれの腕を殴りつけられた。抱えられていた西森はよろけた拍子に一斉に殴打された。ターゲットは明らかに西森だった。顔面から崩れ落ちた西森の後頭部に木刀を振り下ろすと、それを最後に暴漢達は逃亡した。ヤスと斉藤は命からがらその場を立ち去った。

「西森さんは？」

ヤスは首を振った。脂ぎった髪が額にへばり付いている。

「斉藤さんは？」

「逃げたきり、連絡がつかねぇ。ったく斉藤といい、お前といい」

ヤスの貧乏揺すりが激しくなる。

「街の様子は？」

警察車両やマスコミの中継車で道路は占拠され、上空にはヘリまで飛び交っていた。

「上には？」

その問いにヤスは口を噤んだ。祐介は携帯を取り出そうとポケットに手を入れた。

「何してんだ」

「武山さんに電話を」

携帯は圏外を表示している。祐介はカマをかけた。

「テメエ！」

顔に投げられた氷嚢を避ける。

「自分で電話するから余計な事すんじゃやねぇよ」

西森を見捨てた負い目があるのだろう。

「殺ったのは？」

「渋谷のクソガキ共に決まってんだろうが」

敵対する愚連隊の名を挙げ、苛立ちに煙草を咥えた。奴等は渋谷を拠点とし、脱法ドラッグを資金源に幅を利かせている。その勢いは六本木の隣、西麻布まで迫っていて、最近は幾度となく、この付近のバーなどで出くわしては睨み合いが続いていた。時折、手を出す者も居たが、殺しにまで発展するなど夢にも思わなかった。

「ツラは隠していたが間違いねぇ」

ヤスは煙草を吸い終えると床で踏み消し、渋々携帯を取り出した。ヤスの携帯は繋がっていた。さっきから頻繁に携帯はバイブしていた。組からの安否と状況報告の催促に違いない。時間が経てば経つほどヤスは自分の首を絞めることになる。ひいては組自体の存続にも関わる。そして祐介もボディガードとして、何らかの責任を取らなければならない。

「はい……分かりました」

ヤスはこの世の終わりを迎えたような顔で電話を切った。

「事務所には来るなとよ」

ヤスは足を投げ出して天を仰いだ。次の煙草に火を点ける。その手は苛立ちと恐怖で震えていた。

「暫くは此処で様子を見るしか……」

「ああ？　寝言こいてんじゃねぇぞ。こんな糞まみれな部屋で指咥えて大人しくしてろってか！」

「着替えと食料は何とかします」

「何処へ行く！」

「調達に」

振り返らず、後ろ手にドアを閉めると、ヤスの罵声とパイプ椅子を蹴り上げた音がした。

「放置プレイ？」

真琴が廊下に顔を出す。髪をブローしていた。この後、メイクを決め、攻撃的なコスチュームに身を包む。ラフな服装とノーメイクから変貌する、そのギャップが、より官能的な女王を際立たせていた。

「頼みがある」

「此処でのアタシはね、要求には完璧に応えてあげてるのよ」

悪戯に目を輝かせた真琴に、近くの大型量販店での着替え、伊達眼鏡やマスクや帽子、食料、煙草などの購入を細かく指示した。

「調教ではなく調達か」

そう言って真琴は笑った。

「あいつドMのクセに下着のサイズはSね」

「これ」

財布から出した5万円を真琴は青白い手で押さえた。冷たい指先。手の甲には細い血管が透き通っている。

「お金は要らない。その代わり、ベッドで返して」

「だとしたら一生返せない」

「そう言うと思った」

真琴は苦笑し、2枚だけ抜き取った。

「余ったらお菓子買っていい？」

祐介が頷くと子供のように喜んだ。

「鍵は外から掛けておくね」

真琴はコートを羽織ると店を出た。

再び携帯を確認する。やはり圏外だ。機種によっては不通のようだ。ハナの事が気掛かりだった。その時、人感センサーが反応した。

入口に続く階段を誰かが使い、この店に向かって来ている。忘れ物を取りに戻った真琴だろうか。ドアに張り付き、覗き窓に顔を寄せる。人影が慎重に近付くのが見えた。真琴ではない。男だ。

顔を確認する。渋谷の連中でも警察関係者でもない。冴えない私服と髪型から休日のサラリーマンに見える。日曜の午前中から興味本位で、店を覗きに来たのだろうか。受付に目をやる。昼のコースの開店時間まではあと2時間以上ある。真琴の指名客や常連客ではなさそうだ。

男はインターホンを何度か押した後、首を傾げて去っていった。何か約束をしていた者なのか。だとしたら真琴はその旨を伝える筈だ。様々な憶測が交錯するが、とりあえず長い息を吐いた。

量販店までは15分。荷物が多い分、帰りはタクシーを使うかも知れない。購入時間を考えたら1時間は戻らないだろう。ましてや今回の事件で道は混雑している。

ハナもこの事件をニュースで知った筈だ。この扉を開け、階段付近ならば電波は繋がる。だが今は危険だ。何か起これば、真琴にも迷惑が掛かる。店の電話を借りるしかない。奥のドアの僅かな隙間からヤスが祐介の名を叫んだ。

※

祐介を乗せたタクシーが街並みへと消えた。幸福と希望、そして少しの不安で膨らんでいた気持ちが萎んでいく。今日はもう会えない……。そんな気がした。

2人で手を繋いで歩く筈だった並木道。枯葉が音を立てて足元に戯《じゃ》れつく。風に髪が靡く。祐介は出逢った頃と何も変わってはいない。それどころか、会う度に魅力的な男性に成長している。外見だけではなく内面も。よく笑うようになったし、話し掛けてくれるようにもなった。そう考えると祐介は変わってくれた。心から嬉しく思う。でも、祐介を取り巻く環境もまた、大きく変化している。

両親にはフリーターだと告げていた。紹介の機会さえあれば、誠実な人柄が伝わり、渋々でも付き合いは認めてくれるだろう。でもこのままの状態では、将来を許される事はない。

古い教会の横、ふと映画『卒業』が頭を掠めた。捨てられた新郎もそうだが、教会に残された各々の両親の気持ちを思うと胸が苦しくなる。結婚は2人だけの問題じゃない。2人が幸せならばそれで良いという考え方は実に幼稚だ。そんな幼稚な者同士の結婚生活など上手くいく訳がない。結婚は精神が成熟した大人のみが許されるものだ。そして真の大人とは自身の幸せを最後に考える者を指す。祐介と両親の幸せが根本にあり、そこにハナの幸せが少しずつ築かれていく。

祐介の事は愛している。だからこそ、危険な世界から1日も早く足を洗って欲しい。でも、その願いを言葉にした事は1度もなかった。祐介も将来をきっちりと考えているに違いない。今はその暗闇の世界から抜けるタイミングを測っているのだ。ハナは強く信じていた。

重い足取りで門を潜ると、13歳の誕生日に両親からプレゼントされた2匹のゴールデンレトリーバーがマロニエの向こう、芝生を跳ねてやって来る。

「おいでジョン、ルーシー」

大好きなビートルズから名付けた。勢いよく足に擦り寄る。頭を撫でると、盛んに振っていた尻尾の動きが緩やかになる。ハナの心情を察したのか、クーンと悲しみに暮れた声で寂しそうに見上げてくる。

「心配かけてごめんね……」

頭を優しく撫でる。気配に振り返ると、美冬も寂しそうに見つめていた。


リビングの大理石にリズミカルな爪の音が響く。チワワのリンゴがハナの後ろを付いて来る。

「1人か?」

経済新聞に目を落としたまま賢治は言った。

「見ての通り」

組んだ足の先にあるスリッパが、苛立ちでパタパタと細かく揺れている。

「急に外せない仕事が入ったみたい」

「何の仕事だか……」

コの字形のソファーに座ると、リンゴが膝の上に飛び乗る。

「暇よりはマシよ」

賢治は接待と称して週3日はゴルフ場で過ごしている。

「パパに言ってるのか？」

「別に……ねぇ」

はぐらかしてリンゴを持ち抱え、その鼻に自分の鼻をあてた。見兼ねた美冬が割って入った。

「お互い子供みたいね」

トレイから紅茶の入ったカップとソーサーをそれぞれの前に置くと、ハナの横に腰を下ろした。

「今日は来られそう？」

この日を楽しみに迎えていたのは美冬も同じだった。祐介の為に朝から鼻歌まじりでキッチンに立っていた。

「多分……」

「多分って何だ？」

賢治が新聞越しに口を挟む。

「予定を割いてるんだぞ」

「娘の幸せよりも、ゴルフが気懸りのようね」

賢治が心配してくれているのは分かっているが、ハナは素直になれずにいた。

「そもそも華を幸せに出来るかどうかの保証がないじゃないか」

美冬から祐介の事を聞いたのか、賢治はいきなり核心に迫った。

「確かに彼が私を幸せにしてくれる保証はないわ。でも、彼と一緒に居る私が凄く幸せなの」

「甘いな」

「パパも昔はこういう考えだった筈よ」

美冬はクスッと笑った。

「そもそも人生に保証なんてあるのかしら……何が起こるか分からないし」

「苦労が絶えないだろうな」

「苦労って？　愛する人の為の苦労なら絶えない方が幸せね。それはずっと傍に居るって事だし」

「都合がいいだけじゃないか」

「随分乱暴な言い方ね」

「親なら誰もがそう考える」

「じゃあ、必要とされているって言えば理解してもらえるかしら」

「前向きな意見だな」

「後ろを振り返るほど、まだ生きていないの」

賢治は新聞を畳むとソファーに放り投げた。

「高校中退らしいな」

「同世代より先に社会に出ただけ」

「このご時世じゃ、まともな職に就くのは難しいだろうな」

「まともに家族と過ごさない方が問題よ」

賢治の瞬きの回数が増えてきた。込み上げる怒りの感情を抑える時の癖だ。

「さっきからチラチラと時計を見ているけど、彼の到着を気にしているから？　それとも、ゴルフの予定が気になっているから？」

賢治は目を見開いて、怒りを呑み込んだ。

「貴方の負けね」

美冬が口を開いた。

「勝ち負けの問題じゃないわ、ママ。パパは昔からずっと理想と現実の話をしている。だから、こういう話になると平行線のまま終わっちゃうの」

「では、あなたは何を議論しているの？」

「真理よ」

「ママには難しそうね」

「私も最初はそうだった。そもそも考えもしなかったし。でもホントはね、とても簡単な事だったの」

リンゴをあたかも祐介のように抱き締めた。


それは2人で初めて朝を迎えた日だった。

「眠れない？」

瞬きする度にハナの長い睫毛が祐介の胸を擽っていた。眠れないのではなく、眠りたくなかった。

時刻は午前4時。

祐介の腕枕に包まれていた。夜よ、行かないで……。心からハナは願っていた。

「起こしちゃったよね」

「ううん」

「ごめんね、何かずっとドキドキしてるの」

「俺も」

胸に頬をあてる。祐介の鼓動を強く感じた。

「一緒だね」

クスッと笑うと、祐介も笑った。

「眠れない時ってどうしてる？」

「何も」

「次の日が早かったり、大切な用事があったりしたら焦らない？」

「そういう時は寝なくていいって思うようにしてる」

指先で祐介の首筋を弄ぶ。

「本当に体が眠りを必要としている時は自然と寝る。眠れない時は寝なくて大丈夫って考えてる間に、いつの間にか寝てる」

祐介は静かに笑った。

「今は？」

「寝たらもったいないと思ってる」

「一緒。ねぇ、祐介」

「うん？」

「眠りにつくまで少し話しててもいい？」

「勿論」

「何か聞かせて」

「何かって？」

「何でもいいの。声を聞いていたい。ごめんね、我儘言って」

「そうだなぁ……」

祐介は眠りを誘うようにハナの髪を優しく撫でながら、天井のダウンライトを見つめて話し始めた。

「昔々の外国の話なんだけど」

ハナは子供のように耳を傾けた。

「ある国に仲の良い3人の兄弟が住んでいました。兄弟は各々不思議な宝物を持っていました。長男は世界中、どんな場所でも見る事が出来る望遠鏡。次男は世界中、どんな所へでも、ひとっ飛びで行ける魔法の絨毯。三男はどんな病気でも直ぐに治せる夢のような林檎を1つ持っていました」

ハナは目を輝かせた。余計眠れなくなってしまった。

「ある日、長男は、望遠鏡で世界中の景色を見ては楽しんでいると、西の外れに大きな古城を見つけました。その城を詳しく見てみると、大きな天蓋のベッドの傍でシクシクと泣いているお妃様の姿が。そしてベッドには、それはそれは美しいお姫様が横たわっていました」

「うん」

「あっ、勿論そのお姫様よりハナの方が美しい事は言うまでもないけど」

「そんな気遣いは結構」

「失礼。で、望遠鏡を下に向けると、城の門の脇に1枚の貼り紙を見つけました。あれ、板に直接書かれていたんだっけ……」

「そこまで細かいディテールは、本編に大きな影響を及ぼすのかしら？」

「いいえ」

「じゃあ、ぼんやりで」

「助かります。で、そこには、姫が原因不明の病に冒されている。治したものには褒美を与える、若しくはお姫様の結婚相手として迎え入れても良い、と書かれていました」

「お姫様の気持ちを確認しての発表かしら」

「そこ、つく？」

「だよね」

「長男はこの事を弟達に告げると、早速次男の魔法の絨毯に乗り込み、古城にひとっ飛び。事情を説明し、三男の林檎を献上すると、姫の病気は一瞬で治りました」

「良かったね、治って」

「さぁ、王様は困りました。この3兄弟が独身だった為、誰を王子として迎え入れるべきか」

「褒美よりも結婚を望んだのね」

「そういう事」

「仕事は？　ちゃんと働いていたの？　理由もなく、望遠鏡で外を見てるなんて、何だか気味が悪い」

「農民とかで自由な時間に見ていたんじゃないかな」

「農民が急に王家に婿養子に来て、やっていけるのかな。しきたりやテーブルマナーとか舞踏会のステップとか知らないだろうし。ゆくゆくは王となり国を統治していくのよね？」

「まぁ、そうなる確率は高いよね」

「そもそも見ず知らずの男性と付き合いもせずに結婚するなんて絶対に嫌。それに3人のうち1人だけ選ばれたら、他の2人と絶対ギクシャクする」

「あの、続けていいかな」

「どうぞ」

「そこで困り果てた王様は姫に委ねる事に。すると、姫は1人の名を挙げました。さて姫は誰を選んだでしょう」

祐介は回した手でハナの肩をポンと軽く叩いた。

「長男」

「何故？」

「最初に見つけてくれたから」

「なるほど」

「違うの？」

「正解は……」

「うん」

「コマーシャルの後で」

「……おやすみ」

ハナは目を閉じた。

「ごめん」

「正解は？」

「三男」

「そうなの？」

「姫はこう答えた。長男はいつでも見たい景色を生涯見せてくれる。次男はこれからも私を好きな所へと連れて行ってくれる。でも三男だけは違う。たった1つの林檎を私の為に使ってくれた。いつ自分が病気になるか分からないというのに」

ハナは祐介の横顔を見つめた。そして厚い胸板に強く腕を回した。

「つまり、愛とは何を与えるのかではなく、何を失うかなんだ。それが大切で、それが真理なんだって……おしまい」

祐介は再び肩をポンと叩いた。

「さあ、少し寝よう。眠れなくても目を瞑っているだけで多少は疲れが取れるから」

そう言って布団をハナの首元まで掛けた。

「素敵……」

ハナは呟いた。

「でしょ、この話」

「ううん、祐介が」

ハナは急に恥ずかしくなって鼻先まで布団を上げた。

「俺が？」

「うん」

「何で？」

「おやすみ」

「ちょっと、何？」

ハナは布団に潜った。

「ぐーぐー」

「寝たみたいだね」

祐介はハナの脇腹を擽った。ハナは堪えきれず噴き出した。

「さぁ、本当に寝よう」

祐介は優しく目を細めた。

「うん、おやすみ」

「おやすみ」

目を閉じた祐介の横顔を見つめる。

「祐介」

「何？」

祐介の瞳にハナが映る。

「呼んだだけ」

ハナは布団に顔を埋めた。

「何それ」

「おやすみ、祐介」

「おやすみ、ハナ」

1日の終わりに愛する人が名を口にする。再び祐介の腕枕に落ち着く。腕が痺れないかしらと、気にしながら。穏やかな寝息が同じ季節《とき》に生きている実感を与えてくれる。

ハナは初めて会ったあの日、祐介の持つ甘酸っぱい林檎を口にしていた。ハナの場合は病が治るのではなく、逆に恋という病にかかってしまった。きっと三男は祐介みたいな不器用で真っ直ぐな人なんだろう。祐介が白馬に乗っている姿を想像して、ハナはまた噴き出した。


「私の為に何かを失ってもいいという人は今まで1人も居なかった。だけど彼だけは違った」

賢治は途中で席を立ったが、美冬は最後までハナと向き合った。こんなにも赤裸々に恋愛を語ったのは初めてだった。心から愛する事を知り、そして愛される事を知った。途中、美冬が少しばかり寂しい表情を浮かべた時は胸がチクッとしたが。

「そう……それは好きになるわね」

「うん」

「それで、彼はあなたの為に何を失ったのかしら」

その質問にハナは目を伏せていた。祐介が本当に失うのはこれからだと、何故かハナはそう思った。答えられずにいると、美冬が温かい手を冷えたハナの手に重ねた。

「ディナーには間に合うといいわね」

美冬の優しい一言にハナは弱々しく微笑んだ。それが精一杯の返事だった。

※

「何処へ行く？」

「様子を見に」

「逃げんじゃねぇぞ」

ヤスは奥歯を噛み締め、睨み付けた。

ハナと連絡が取りたい。時間を作ってくれた両親にも申し訳が立たない。

受付の電話に手を伸ばすが、ヤスに聞かれたらと元に戻す。思わぬ事態でハナに飛び火しないとも限らない。

待合室を覗く。1人掛けのソファーが置かれた個室。壁掛けの小さな液晶テレビ。リモコンを操作すると臨時ニュースが映った。画面右上に『速報・六本木襲撃事件』と物々しい字体のテロップが打たれている。事件の起きた店をバックにアナウンサーがリポートしている。

テレビをオフにする。逮捕は時間の問題だ。六本木界隈の防犯カメラを洗いざらい解析すれば、おおよその足取りは摑める。警察は他にもタクシー、鉄道、高速道路、空港とあらゆる種類の移動手段に手を回している。

祐介はソファーに凭れ、虚空を見つめた。ここまでニュースになった今、わざわざヤスごときのチンピラを襲いに来るだろうか。それも警官で溢れ返るこの六本木に。居場所を突き止めたとしても、事件現場から程近いこの店に来るのはハイリスクだ。

祐介は目を閉じた。そもそも西森を殺すまでの理由が渋谷の連中にあったのだろうか。西森を消す理由とは。そしてそれを実行せざるを得ない者とは。ある人物の輪郭が徐々に浮かび上がる。武山だ。

武山は武闘派で名を馳せていた。親に対して義理堅い反面、組織のトップを虎視眈々と狙う野心家だった。

行動力、統率力、人心掌握術、それらにおいて武山は跡目を継ぐ候補者の中でも群を抜く逸材ではあるが、資金繰りに難がある古いタイプの極道だった。今は経済ヤクザがモノを言う時代だ。あと一歩で登り詰めるという時に必要となるのが資金力だ。

暴対法の網を掻い潜り、安定した金を吸い上げるルートを探していた。そこで目を付けたのが渋谷の愚連隊だ。奴等のルーツは、ケツ持ちが存在しない、所謂チーマーだった。それがここまで勢力を拡大したのは、上納金を納め、その見返りに活動範囲を拡げる事を許された為と考えるのが自然だ。

その金脈がドラッグだ。武山の組では覚醒剤等のドラッグの扱いを禁じている。本人の使用も御法度だ。手をつけたら最後、破門は逃れられない。

渋谷の連中がその売上金で何に手を染めているのか分からないが、少なくともその甘い汁を吸おうとする輩が必ず存在する。それが武山だ。

武山はその金で、安価な脱法ドラッグとは異なる、金を生むドラッグに手を染めているのかも知れない。それを知った西森が武山を脅していたと仮定すれば辻褄が合う。

西森の羽振りの良さは、武山から口止め料を貰っていたからだ。取引に成功した西森は更に要求額をつり上げようとした。

一方、渋谷の連中も利害関係が一致した。西森は武山を脅すだけに足りず、渋谷側にもタレ込みというカードをチラつかせ、金銭を要求したのだろう。

しかし手段が粗雑だった。殺すつもりも、殺せという指令もなかった筈だ。その荒々しい手口から、犯行前に酒を飲み、ドラッグをキメていたと推測される。いくら人も疎らな朝方とは言え、大都会の真ん中で木刀を片手に襲うのだから普通の精神状態ではいられないだろう。つまりやり過ぎてしまったのだ。

警察は既に、ある程度の目星を付けている可能性が高い。そうなると、関わった者の選択肢は3つ。襲撃犯は逃亡を望み、企てた幹部は襲撃犯に自首を煽り、武山は証拠隠滅を図る。

ではこの後の展開は……。

武山はヤスと斉藤の性格から、西森の惨状を目の当たりにすれば、武山と渋谷の連中の繋がりを口外する事はないだろうと判断していた。そして昨夜未明、実行に移したのだが計画通りにはいかず、西森を殺害してしまった。

結果は想定外だとしても、ヤスから確実に命乞いの電話が掛かって来ると武山は算段していた。だがそうではなかった。ヤスは西森から武山との裏取引の件を一切聞いていなかったのだ。何も知らないヤスは武山に電話し、渋谷の連中の犯行だとその旨を伝えた。この言動からヤスは武山と西森の関係性を把握していなかったと言える。故に、この時点で武山もその事実を確認した事になる。一方、斉藤とは連絡が取れているのだろうか。

巡らせていた思考を遮断するように人感センサーが反応した。祐介は息を殺して入口へ向かった。

※

「忙しいようね」

美冬は残念そうに2人分のテーブルセットを並べた。男の子に美味しい物を食べさせてあげたい、というメニューとボリュームだった。

「さぁ、冷めないうちに」

美冬の優しさに涙が出そうになった。美冬の気持ちには心から感謝している。祐介を庇い、大切に思ってくれているのが伝わる。でも冷たくなった心は、美冬の手料理だけではどうにもならなかった。それにはどうしても祐介の存在が必要だった。

※

「何処に雲隠れしてやがった？」

西森が襲撃された直後、斉藤は事務所に状況を緊急報告したが、それを最後に連絡が取れずにいた。

その間、組の電話番は斉藤に掛け続けた。そして午前7時過ぎ、漸く電話は繋がり、斉藤は自らの足で事務所に出向いた。

「すみませんでした！」

斉藤は土下座した。

「もう1度だけ聞く。何処に居た？」

「はい……女の……家です」

武山の柔らかい言い方が逆に斉藤の恐怖心を煽った。

斉藤は床に顔を擦り付けながら答えた。武山はゆっくりと立ち上がった。

「モテるなぁ、大したもんだ」

「申し訳ありません！」

斉藤は武山の足元に縋《すが》った。

「その男前の面、俺にもよく見せてくれよ」

武山は優しく言った。

「ほら、早く」

斉藤は恐る恐る顔を上げた。その直後、武山の靴裏が斉藤の顔面を捉え、斉藤は床にもんどり打った。

「ナメてんのか、この色男が」

武山は顔色を変えず、淡々と言った。斉藤は口元を押さえながら土下座の体勢に戻した。

「しゅみません……」

斉藤は折れた前歯の隙間から荒い息と鮮血を漏らした。

「まぁテメェの処分はゆっくり考えてやる」

「ほんろ、すみましぇん」

武山はソファーに凭れると、新しいコイーバを咥えた。

「ところで、お前、西森から何か聞いちゃいねぇか？」

他に誰も居ない組長室で武山は静かに尋ねた。斉藤は首を傾げた。

「どんら事でひょうか？」

武山は紫煙を吐くと、少しばかり思考を巡らせた。

「渋谷のガキとは最近どうなんだ？　相変わらず揉めてんのか？」

「何回かは……」

「喧嘩か？」

斉藤は急いで首を横に振った。

「ひいえ、睨み合い程度れす」

「ちゃんと喋れコラ。それで、西森のシノギは何だ？　あの野郎、最近、相当羽振りがいいそうじゃねぇか？」

斉藤は少し迷いながらも正直に答えた。

「はい……。実は何か、丁度いいパトロンを見つけたとか……」

「パトロン？」

「はい……」

「どんな奴だ？」

「詳しくは……。ただ、つっつきゃ金は出すと」

そう斉藤が言い切ると、武山は腹に蹴りを入れた。

「うう……しゅ、しゅみません……」

武山はコイーバを奥歯でキリキリと噛み締めた。

「おいっ！」

武山の声に、若い衆がドアを開けた。

「失礼します」

「もう少し可愛がってやれ」

「はい」

若い衆は武山に頭を下げると、狂気の顔を斉藤に向けた。

「許してくらさい！　もうしましぇんから！」

斉藤は額を床に擦りあて、泣き叫んだ。

「うるせぇよ、コラ！」

若い衆は斉藤の髪の毛を鷲掴みにすると、膝頭を斉藤の鳩尾にめり込ませた。斉藤は身体をくの字に曲げて咽《むせ》び泣いた。

「指、詰めますか？」

「好きにしろ」

「勘弁してくらしゃい！　お願いしましゅ！」

斉藤は子供のように喚いた。

「ホラ立て、行くぞ」

想定外の展開。武山はガラステーブルに脚を乗せ、煙を燻らせた。

※

ドアに近付き、覗き窓で確認する。真琴だった。胸を撫で下ろすとインターホンが鳴った。鍵は持っている筈だ。単に戻った事を知らせているだけなのか。真琴はもう1度インターホンを押した。鉄扉の横に設置された応答ボタンを押す。真琴が先に話すまで待つ。

「ごめん、鍵忘れちゃって……」

この店を出る前に交わした、真琴が本来持つ穏やかな口調とは違い、言葉を走らせていた。寒さに震えてではなく、落ち着きのない、焦りのようなものがあった。

「それと頼まれたバックだけど、2人分持って帰って来たから」

真琴は『バック』の部分を強調した。バックとはバッグの事だろうか。だがバッグなど頼んでいない。それも2人分とは一体……。

祐介の脳に閃光が走った。

背後に2人組の男、つまり刺客が居るというメッセージだ。相手は2人だが、真琴の身を案じると迷っている暇はない。祐介はドアロックを解除した。

ガチャと乾いた音が廊下に響く。真琴が悲鳴を上げ、覗き窓から消えた。次の瞬間、ドアが激しく開けられた。

ドアの向こう、転がる真琴の脚。黒い影が動く。振り上げられた金属バット。咄嗟に体を入れ替える。振り下ろされたバットは左袖を擦り、廊下にけたたましい音を響かせた。

刺客の姿。タイガーマスクの覆面。その面の中央に右の拳をねじ込む。タイガーは片膝を軽く曲げただけで倒れない。脛を蹴り上げ、股間に膝をめり込ませるとタイガーは低い声を漏らした。

息つく暇もなく、ミル・マスカラス風の男が木製バットを振りかぶる。よろけたタイガーの胸倉を両手で摑み、手前に強く引き寄せる。マスカラスのバットが、盾となったタイガーの脳天に命中した。

「アガッ！」

タイガーは奇声を発し、白目をひん剝き、床に倒れた。

対マスカラスに集中する。次の攻撃に移ろうとバットを構え直す。その手首を摑む。

マスカラスの手首を握り締めたまま背負うと、そのまま後ろ向きに押した。マスカラスは壁に後頭部と背中を強打した。それでもバットを放さない。

祐介は摑んだ手首を更に絞り上げて、自分の額目掛けてバットを思いっきり振り上げた。そのバットが命中する直前で首を傾けてよけた。バットは勢いそのままに、マスカラスの額に乾いた音を立てた。

マスカラスは崩れ落ちた。その顔面を数回蹴り上げると、マスカラスは大の字に伸びた。

「うわぁぁぁ」

突如、大声を張り上げてヤスが走って来た。ヤスは半狂乱で金属バットを拾い上げると交互にマスクマンの背中を殴打した。気絶しているマスクマンは声も上げず、ただ生肉の塊を叩いたような音がするだけだった。真琴は目を見開いて声を失っている。バットを振り上げたヤスの手首を押さえる。

「殺しでブタ箱行きになりますよ」

『ブタ箱』が効いたのか、ヤスは素直に従った。

「大丈夫？」

倒れ込んだ真琴に手を差し出す。

「ありがとう」

「俺の方こそ」

「気付いてくれると思った」

「頭悪いから少し時間が掛かった」

「女心も勉強しなきゃね」

真琴は白い歯を見せたが、直ぐに唇を閉じた。人感センサーが反応したからだ。鉄扉は開いたままだ。瞬時に真琴の手を引き、背後に隠した。

「あの……」

現れたのは草臥《くたび》れたスーツ姿の男だった。男は2体の転がるマスクマンを見た。

「両者引き分けで、終わったところ」

真琴は祐介の背中越しに言った。

「見かけない顔だけど、入会希望？」

真琴は腕組みしながら祐介の背後から出た。

「ちょっと待ってね。ご覧の通り、ハードな調教終わりだから」

真琴は、男に一旦外で待つように指示した。

「外から鍵の掛かる部屋は？」

「手前の部屋なら」

一旦、マスクマンを部屋に閉じ込める事にした。先ずはマスカラスの脇の下に手を入れて担いだ。

真琴の短い悲鳴の直後、鋭い痛みが背中に走る。男は第3の刺客だった。マスカラスが腕からすり抜ける。男の手には血が滴る出刃包丁が握られていた。

「悪いな」

男は口を開かず、籠もりがちに言った。顔には別人格が表れ、冷酷な表情が浮かんでいる。

真琴が何か叫んだが、背中の痛みが激しくて認識出来ない。ヤスが四つん這いで逃げていく。

後頭部に強い衝撃が走り、鼓膜を劈く程の耳鳴りに襲われる。頬に冷んやりとした感触。景色が斜めに映っている。

男は何の感情も抱かぬ様子で新しい包丁をビジネスバッグから抜いた。這い蹲《つくば》って逃げるヤスの後を男がゆっくりと追った。祐介の視野が狭くなっていく。ヤスに追いついた男は馬乗りになると、ヤスの背中に包丁を振り下ろした。

「ハナ……」

薄れゆく意識の中、祐介は呟いた。

※

「華？」

美冬に呼ばれて、食器を洗う手が止まっていた事にハナは気付いた。

「どうかしたの？」

ハナの名を呼ぶ、祐介の声がした。

「ごめんママ、部屋に戻ってもいい？」

「いいけど……大丈夫？」

「うん、ごめんね」

3階の自室へと向かう。携帯を確認する。電話もメールも無い。鼓動が速くなる。胸が騒《ざわ》ついていた。

6

耳を澄ます。微かに残る耳鳴りの記憶。

空調の音。少しずつ情報を捉える。神経は周囲の情報と共に鈍い痛みを頭に走らせた。

仄白い蛍光灯の下、祐介はソファーに横たわっていた。記憶のパーツを繋ぎ合わせる。眩しさに目が慣れていく。

「気が付いた？」

声の方へ首を動かす。絨毯に座った真琴が膝を抱え、壁にぐったりと凭れている。

祐介は上半身が裸で、腹の周りに包帯が巻かれていた。フラッシュバックする記憶。傷口を庇うように腰の部分にクッションが挟まれている。仰向けにさせない為だと祐介は理解した。

「此処はキャストの更衣室。誰も来ないから安心して」

ブランケットが掛けられた下半身は下着のみで、右足の脛に点滴の針が刺さっている。腕には輸血パックが繋がれていた。様々な疑問が浮かんできて、それを見透かしたかのように真琴が口を開いた。

「応急処置を施したから大丈夫。例の闇医者だけど」

その闇医者は藪《やぶ》と呼ばれていた。

「ちゃんと説明してなかったね。アイツ、腕は確かだから。此処には色々な客が来るでしょ？一般的な興奮を超越した、生死ギリギリの快楽を求める客の為、藪は無くてはならない存在なの。勿論、謝礼は高額だけど死ぬよりはマシでしょ。まぁ、利用するのは、そんなの端金《はしたがね》のセレブばかりだけどね。今回はヤスを庇って負傷したのだから、請求は組に回す手筈になっている。そうそう、あの覆面2人は死んでないから安心して。ただ虎の方は何らかの後遺症が残るでしょうけど」

経緯の半分を話すと、真琴は手にした缶ビールを口にした。

「1人でごめんね。あんなの見た後でしょ」

真琴はそう言うと、喉を鳴らした。

「何時？」

「7時前だから6時間は眠っていた。スーツ、申し訳ないけど処分した。出血が酷かったし、治療の際にハサミで切る他なかったみたい」

可能な限り周囲を見回す。

「ヤスは此処には居ない。そう、何も覚えていないのね……」

真琴は祐介の記憶に無い部分を端的に話した。祐介は背中を刺され、その場に崩れ落ちた。幸い傷は浅く、ナイフは突き刺さったままの状態だった為、出血は致死量に至らなかった。

その直後、後頭部を数回蹴られて気を失った。頭に痛みを感じるのはそのせいだった。

そしてヤスは刺された。記憶のラストシーンが辛うじて甦る。男が去ると、真琴は店長に連絡して店をクローズした。勿論、警察に報せる事はなく。

「そして店長が組に電話をしたの」

西森もヤスもこの店の古くからの常連客だったが、この店自体が組と繋がっていた事を最近まで祐介は知らなかった。だからこそ面倒を承知で、真琴はヤスを匿っていた。

「でね、店長に状況を説明すると掃除屋と名乗る男達が来たの」

「時間は？」

「そうね、10分位だったかしら」

フリーランスの死体処理業者、通称・掃除屋の存在は、この世界に居る人間なら1度は耳にする裏社会の稼業だ。彼等は信頼出来るルートからのコンタクトを受けると迅速かつ完璧に仕事をこなす。最少編成人数は４人で、死体の運搬から清掃、証拠隠滅、処理を秘密裏に遂行する。その仕事に対する報酬は高額だと想像に難くない。リスクを考慮すれば当然の事だ。だが、それにしても到着が早過ぎる。祐介は確信した。

全ては武山の仕組んだストーリーだ。そして、店長もグルのようだ。武山から事前に聞いていたから不在だったのだ。店長は真琴から連絡を受けると、現状を確認し、掃除屋を呼んだ。知らなかったのは、ヤス、真琴、祐介の３人。だとしたら、祐介は生かされたのか、それとも連中が殺し損ねただけなのか。

武山は祐介が西森のボディガードだということを無論、承知だ。だが昨夜はイレギュラーな形で先に現場を離れた。その情報が武山の耳に入ったかどうかまでは分からない。

武山と出会ったのは祐介が14歳の時だった。武山に憧れ、１万円のチップを渡されてから始まった密な関係。これまでの祐介は他の構成員らとは異なる特別な扱いを武山から受けてきた。それでも、もし祐介が武山の計画を妨げるような事態が起きたら、殺れという指示があったであろう。

祐介は底知れぬ絶望の岐路に立ち竦んだ。もし道を誤れば、辿り着いた先で待ち構えるのは死のみ。

それだけ武山は追い込まれていたという事だ。

「刺した奴は？」

真琴は悪夢を振り払うように、ゆっくりと頭を振った。

「返り血を浴びた顔で一瞥すると、取り憑かれたように出て行った。ヤク中ね。今頃、職質で捕まってるかも」

クスリ欲しさの犯行だ。いっそのこと警察に捕まっている方が奴の為だ。

「これからどうするの？」

答えられずにいると、真琴は口を開いた。

「藪にお願いして、死んだと組に連絡すればいい」

祐介は返事の代わりに目を閉じた。

「勝手な事を言ってごめんなさい。でも、このままでは祐介も殺されるかも。藪は払うものさえ払えば秘密は守るから。失礼な言い方するけど、お金だったらアタシが何とかする。貯えは充分にある。そうだ、ウチに来ない？　ウチなら安心。誰も来やしないから。アタシには家族も友達もいないし。何なら暫くの間、海外でも何処へでも2人で行けばいい。ねぇ、生きる為にそうしようよ」

真琴は間を埋めるようにビールを流し込んだ。

「新しい世界で祐介が生きていける日まで、アタシが何とかする。それまで祐介はウチに隠れて過ごせばいい」

真琴は縋るように言った。

「半年、ううん、1年はこの店で働いて沢山稼ぐ。そして、そのお金でアタシ達の事を誰も知らない街で静かに暮らせばいい」

祐介は目を開けた。無理だ。非現実的過ぎる。生活していく中で、いつか必ず辻褄が合わなくなる。僅かな綻びは、やがて修繕不可能な終焉へと繋がる。

組織の力は強大だ。藪の腕は確かだろうが、信用するのは危険だ。金で動く奴は、別の金で裏切る。そうじゃないにしても、ボロを見抜かれたら最後、藪を脅して拷問に掛ける事も辞さない。そして、この真琴にも何らかの被害が及ぶ可能性も……。

「ごめん、それは出来ない」

真琴の目を見た。真琴は唇を舐めると、希望の消えた虚空に瞳を逸らした。

「例えばの話よ、っていうか冗談」

「申し訳ない」

「謝らないで。余計惨めになるから……」

天井に向かって呟くと、一気にビールを飲み干した。

「喋り過ぎたわ……少し寝て」

俯き、顔を隠すように真琴は部屋を出た。

※

日付けが変わっても祐介からの連絡は無かった。携帯を握り締め、いつでも外に出られるよう待機していた。どれだけの溜め息をついただろう。連絡したら迷惑と思い、ハナは我慢していたが、テレビで盛んに放送されていた六本木の事件に巻き込まれているのでは、そう考えると胸が張り裂けそうになる。ハナは思い切ってメールを打ち始めた。

※

簡易冷蔵庫のサーモスタットの音が不定期に訪れる。ソファーの下にはミネラルウォーターが置かれていた。

ペットボトルに手を伸ばす。モルヒネが切れたのだろう。熱した鉄槌を押し当てられたような痛み。ボトルのキャップが弛められている。これも真琴の配慮だ。床には三つ折りにされたティファニーのチーフの上に祐介の携帯が置かれていて、真琴のであろう充電器が付けられ、コンセントに繋がっている。

時刻は午前2時。ディスプレイには充電完了と圏外の文字。電波が通じないのにフルバッテリーとは因果なものだ。祐介は痛みから逃れるように眠りについた。

眩しさに顔を顰める。何の予告もなく、常夜灯にされていた室内のライトが点けられた。強く閉じた瞼の向こうに人の気配を感じる。デュポンのライターの開閉音。遅れてコイーバの香りが辿り着く。微睡《まどろ》む脳が警告する。覚醒時間を稼ぐように祐介はゆっくりと目を開けた。

「痛むか?」

紫煙の奥に武山の輪郭が浮かぶ。背後には屈強なボディガード・通称ゴリラが2人立っている。

「大丈夫です」

武山の出方を探るべく、慎重に言葉を選択する。

「奴等の事は残念だが、ケツは俺が持つ」

「武山さんに火の粉がかかるのでは?」

武山は眉間に深い皺を寄せた。

「お前が心配する事じゃねぇ」

コイーバを咥えた奥歯に力を入れたのか、頬に刻まれた古傷が動いた。

「お前は身体と女の心配だけしとけばいい」

刺し傷の痛みを忘れる程の衝撃。祐介は動揺を見透かされない事だけを心掛けた。

「女?」

「照れんなよ」

武山は鼻で笑った。やはり武山が裏で糸を引いていた。

「大蓮でバイトしてるじゃねぇか」

武山は全てを掴んでいる。

「まぁいい。傷が癒えたら連絡をくれ」

武山は捨て台詞とコイーバの香りを残して出て行った。

大蓮で働かせたのは浅はかだった。情報は金になる。ハナとの関係が漏れない訳がなかった。ましてや武山は大蓮の常連客だ。ハナの身を案じると決断を急ぐ他なかった。

入れ替わりに真琴が現れた。時刻は午前4時を少し回っている。光の射し込まない部屋に居ると昼夜の感覚が鈍くなる。

「この匂い、嫌い」

真琴は空気清浄機をマックスにした。

「体調どう?」

「大丈夫。それより巻き込んでしまって申し訳ない」

「ううん、久々にロマンチックな1日になったわ」

久々とは初めて会った雨の日と、再会したスペインバルでの時以来という意味だった。

「ポジティブだな」

「そうじゃなきゃ、この世界ではやってられないわ。そうそう、さっき薮から連絡があって、朝方に診に来るって」

「店は?」

「明日から通常通り。警察が怪しむでしょ」

「真琴は?」

「勿論働く。ある意味、毎日が修羅場だし、その時ばかりはあの悍《おぞ》ましい光景も忘れられる」

「逆に思い出しそうだけど」

「捉え方次第ね」

真琴は寂しそうに笑った。

「そういえば、出身は？」

真琴は武山の残した空気を変えるように尋ねた。

「アタシ達、そういう話、全くした事なかったよね」

「ああ」

「東京でしょ？」

「ああ」

祐介はゆっくり目を閉じた。

「そんな感じがした」

「真琴は？」

目を閉じたまま尋ねた。

「秋田」

「そんな感じがした」

2人は静かに笑った。

「秋田に行ったことは？」

祐介は小さく首を振った。すると、真琴は子守唄を聞かすように話した。

「アタシが生まれた村は何もない所なの。あるのは寒々しい自然の風景だけ。電車も1日に数える程度しか走っていないし、冬は雪に覆われて何処に行くのも大変。音さえも吸い取られてしまう」

何かで観た雪景色を祐介は思い浮かべた。そして幼き頃、都内にも大雪が降った。祐介は雪空に顔を向け、落ちて来る雪を口の中に入れようと必死になった。そんなエピソードを話したら、真琴は笑ってくれるだろうか。

「実家はまだ秋田に？」

この質問はすべきではないと、頭の中では理解していた。だか本当に天涯孤独なのか、祐介は知りたかった。何処か同じ匂いを感じていた。真琴は嫌な素振りも見せず、静かに口を開いた。

「3歳の時に母を、17歳の時に父を亡くした。ただでさえ貧しかったから高校は途中で諦めて、秋田市内に働きに出た。ひとりっ子で、親戚付き合いもなかったから。でも、そんな世間知らずの小娘を紹介も無しで雇ってくれる所なんて夜の商売くらいしかなくてね。街をふらついて飛び込みで入ったのは小さなスナック。そこの2階に住み込みで、朝まで蟻のように働いた。汚いボロ屋でね。隙間風に震えながら布団の中で毎日泣いてたっけ……」

真琴は当時を懐かしみ、クスッと音を立てた。

「店のママが優しかったのは最初のうちだけ。直ぐにこき使われたわ」

真琴は声を沈ませた。

「ごめん。こんな暗い話をしてたら眠れないよね」

「構わない」

「眠たくなったらそのまま寝てね」

祐介は頷いた。

「煙草いい？」

言って真琴は火を点けた。

「行くあても無く転がり込んで、雇ってもらった訳だから、休み無く働くのは全然構わなかったけど、家賃だとか光熱費だとか細かく言われて、給料の殆どを吸い取られた。手元に残るのは僅かばかり。早く自立しなきゃって本気で思った」

真琴は蘇る当時の記憶を吐露するように長い煙を天井に向けた。

「そんな時、ある常連客にお酒を勧められた。アタシはママに目配せして助けを求めたの。けどママは助けるどころか凄く怖い顔をして睨み付けたわ。そして煙草を買いに行って来る、とアタシと客を残して出て行ったの。直ぐに戻るだろうと思ったから1杯だけ付き合う事にした。初めて飲むウイスキー。あの味、一口含んだ時の客のあの目、今でも確りと記憶しているわ」

真琴は眉根を寄せた。

「何度もドアに目を向けた。煙草の自販機まで1分もあれば帰って来れるから。その間も客は頻《しき》りにウイスキーを勧めるの。ママは一向に帰って来ない。そしていつもなら来てもいいはずの他の常連客も顔を見せない。グラスのウイスキーが底をつく頃、体に異変を感じた。様子がおかしいと思った時にはもう遅かった。突然目の前がグルグルと回り始めたの」

祐介の胸が疼いた。

「何か混ぜられていたのね。勿論ママの仕業。ウイスキーなんて、そういう味なんだって思ってたから、全然気が付かなかった。アタシはそのまま意識を失った。次に目が覚めたのは2階の布団の上。それも裸の状態で。茫然としているとママが部屋に上がって来た。悪趣味極まりない紫のサテンの服だった。シミだらけの胸元を見せつけながら煙草を吹かして壁に寄りかかると、蔑んだ目で布団に包《くる》まるアタシを見下ろして言ったわ。ホラ、あんたの取り分だって、５０００円札を放り投げて出て行ったの……」

真琴は鼻を鳴らした。

「売られたのね、アタシ。それも安い金で。あまりのショックに涙も出やしなかった。シャワーも無い部屋。濡らしたタオルで身体が真っ赤になるまで拭ったわ。直ぐに出て行こうと決めた。服を着て荷物をまとめて下に降りるとママはビールを飲んでいた。一仕事終えたような満足感に浸りながら。客はとうに帰った後。ボストンバッグを見てママはビールを呷ると……」

真琴は目を伏せた。煙草の煙にではなく脳裏を掠めたあの日の光景から目を逸らすように……。

※

建て付けの悪い軋む簞笥階段を下る。10月の秋田に厳冬を告げる寒気が訪れていた。

「どごさ行く気だ」

親指と人差し指で摘んだハイライトのフィルターを奥歯で噛んでいる。真琴は左手に持ったスニーカーを上がり口に放った。

「ちゃっちゃとかだづけろ、ほら」

バッグを床に置き、スニーカーを履いた。

「何とが言え、ほらっ！」

ママは語尾を荒らげた。真琴は顔を背け、もう片方を履いた。

「ンガー！」

ママはカウンターを掌で叩いた。真琴は反射的に睨み付けた。

「なんだその目づき、ンガ何様だ！」

ママは激怒するとカウンターをぐるりと回った。加齢とアルコール臭が混ざった息で詰め寄ると真琴の腕を摑んだ。

「何とが言え！　ほらぁ！」

「出で行ぎます」

真琴は厳めしい顔で睨みつけた。

「んだと？　ンガ何を言ってるわずや」

真琴は荷物を手にした。

「待で！　このアバズレが！」

摑まれた腕に罅割《ひびわ》れた爪が食い込む。苛立ちを隠すのも限界に達した。

「放せ！」

手を振り払うと、その勢いでママはカウンターによろけた。

「何するわずや、この恩すらずが！」

ママは怒鳴り声を上げた。

「なぬが恩すらずだ！」

真琴は腹の底から言った。

「ンガ誰しゃ物言ってでるが分がってるあずが！」

「ふざけんな！　すったげ安い給料でこきづがった挙句……」

奥歯を嚙む。その先を口にする事が出来ない。

「挙句？」

ママは言葉尻をとらえて勝ち誇ると、下品な笑みを浮かべた。

「何だ？　ンガの口では喋れねぇが？　はぁん、んだば教えてやる」

「知りだぐねぇ」

店を出ようとした真琴の背中に、ママは一気にまくし立てた。

「意識朦朧とすだンガを、あのオドゴがかづいで2階さ上がった。その間もあのオドゴはンガの胸を鼻のすた伸ばして揉んでだ」

「嘘だ」

真琴の足が止まる。まるで根が生えたみたいに動けない。

「やっぱり覚えでねーな。それでンガを布団に寝がして、あのオドゴはスカート剝ぎ取ってや……」

「止めで」

真琴はキツく目を閉じた。知りたくない。それなのに、もう1人の自分が事実を確認しようとしている。早く此処を出なくては。

「ンガも少しずつ息さ荒くして」

「嘘だ！」

「嘘でねぇ！　ンガがあのオドゴにおがされてる間にオラは写真撮ってやった」

真琴は驚愕に震えた。

「ンガのバカな姿をバッチリとな……」

無意識の内にビール瓶を握っていた。そしてママの脳天目掛けて渾身の力で振り下ろした。瓶が粉々に飛び散る。気絶寸前の胸倉を摑む。

「出せ！　カメラ出せ！」

安物の生地が伸びる。割れた頭頂部は血で黒光りしている。

「出せ！」

頰を平手打ちする。焦点の合わない灰色の目。鼻を拳で殴りつける。頰は赤く腫れ上がり、口と鼻はベットリと粘着質な血に染まった。

真琴の身体に埋まっていたスイッチが音を立てた。

「ああ……あほこひ……」

ママは口の中を血で泡立てながらカウンターを指差した。その人差し指をへし折る。

「グガーッ！」

ママは血痰を吐き出して叫んだ。

「うるせぇクソババア！」

鳩尾に膝を突き刺すと、ママはボロ雑巾のように床に落ちた。

セカンドバッグから使い捨てカメラを取り出す。財布とレジから現金を抜き取る。ついでに免許証や銀行のカードを空の鍋に入れ、油を注ぎ、マッチで火を点ける。カードは炎に包まれて端からゆっくり捲られる様に溶けていき、黒く細い煙を換気扇に昇らせた。30万円近い札束から5000円札を1枚抜く。

「退職金と慰謝料だば安いけど、許してやる。これは治療費だ」

そう言って5000円札を丸めて、パクパクと酸素を欲しがる口にねじ込んだ。

「カメラは証拠として持っでいぐ。ンがおかすな行動すたら警察に駆け込むからな、んだば」

もう二度と開ける事のないドアを怒りに任せて閉めた。確実にサディストの血が流れていると痛感した。

3ヶ月ぶりに自由の身となったが、同時に無職となった。ダウンジャケットのファスナーを鼻の下まで上げる。袖口が血に染まっていた。

時刻は午前3時半。ただでさえ静かな街はすっかり息を潜めている。厚手のコートを購入しよう。それまで24時間営業のファミレスで時間を潰そう。大丈夫。頭は冴えている。もう怖いモノなど何一つ無い。

向かい風に背を丸める。灯りの消えた歓楽街。歩く度に下半身に鈍い痛みが走る。電信柱の陰にしゃがみ込む。寒さと恐怖、怒りと悲しみに震え、酷く嘔吐した。

※

「……その後、ファミレスで朝を迎えるまで考えた」

真琴はビールから缶チューハイに変えた。頬をほんのりとピンクに染め、瞳は微睡んでいる。ナイフで刺された痛みよりも、今は真琴の受けた心の傷が、祐介の胸にキリキリとした痛みを与えていた。

「そう、その男に対する復讐をね」

真琴は淡々と続けた。

「でも実現には至らなかった。その前に男が勝手に死んでしまったから。神様っているのね。それとも死神と言うべきなのかしら。アタシを犯した帰り、酒に酔ったまま車を運転して川に突っ込んで。まぁ神様っていうよりも飲酒運転な訳だから自業自得よね」

真琴は新しい煙草に火を点けると溜め息を紫煙で染めた。

「復讐出来なかったのは残念だけど、幸い妊娠も病気も検査をクリアしてたから気持ちを切り替える事にした。でもそこからの人生は堕ちていくだけだった。学も無い、コネも無い、そんな田舎者がお金を稼ぐには女を武器にするしかなかった。頭の悪いアタシには、それしか思い浮かばなかったの。それで、ご覧の通りこのザマ」

真琴は唇を震わせて自嘲した。今まで見た中で最も悲しい笑い方だった。

「だいぶ酔ったみたい。余計な事までベラベラと……。睡眠を妨げてまで話す内容じゃなかった。ごめんなさい」

祐介は手を伸ばし、震える真琴の手を握った。幸せを摑めなかったその小さな手を、ただじっと見つめ、不器用に温めてあげる事しか、今の祐介には出来なかった。

「何で……何でアタシだけこんな思いを？　アタシが何をしたっていうの。普通で……ただ普通の生活で良かったの。贅沢なんて望んでなかった。ただ普通の女の子として……なのに……」

真琴は子供のように顔をクシャクシャにした。

「ごめんね……」

呟く真琴に祐介はゆっくりと首を振る。

「もう寝て」

泣きながら真琴は言った。

「診察が終わったら行くよ」

「そうね……。タクシー呼んでおく。おやすみなさい」

華奢な肩口が、折れるくらい弱々しく見えた。


診察はものの5分で終わった。出血も無く、傷口の縫合も問題は無く、現時点で感染症の疑いもない。1ヶ月分の抗生物質と消毒液を渡された。

「5日後、自宅まで診に行く」

「助かります」

藪は酒臭い息を撒き散らし、部屋を出て行った。

「これ」

真琴は着替えの入ったビニール袋を差し出した。

「何から何まで本当にすまない」

真琴はクスッと笑った。

「謝ってばかりね」

「1人で大丈夫？」

「ああ。真琴は？」

「そうね……」

真琴は小首を傾げた。垂れた前髪が右目をふんわりと覆う。祐介はもう片方の瞳を覗いた。その黒目が見返す。

「大丈夫よ。ずっと独りで生きてきたから。でも、そんなに心配ならお嫁さんにして」

祐介の言葉を少しだけ待つと、真琴は続けた。

「冗談よ」

真琴は笑って見せた。

「部屋を出るから、着替えて。裸を見たら襲っちゃいそうだから」

真琴は戯けながらドアを閉めた。


着替えを終え、鉄扉の前で祐介は振り返った。

「忘れ物は？」

ポケットを確認する。

「大丈夫」

財布と携帯、そして最も大切なジッポー。

「本当に世話になった」

「まぁ、気が変わったら迎えに来てね」

鉄扉がゆっくりと閉じられていく。笑顔だった真琴の瞳に薄らと光るものが浮かんでいた事に気付いたのは、扉が完全に閉まる瞬間だった。

※

鉄扉に寄りかかる。真琴の中を過るあの日の出来事。まるで同じだった。あの雨の夜も、冷たい鉄扉に背中を委ねた。

あれから1年。今も同じ事をしている。

嬉しい事に、2人の関係は崩れる事なく当時の頃のままだった。

悲しい事に、2人の関係は発展する事なく、あの頃のままだった。

どんなに祐介を想っても、祐介が真琴に抱く友情が愛情に変わる事はなかった。

真琴はあの頃から何も成長していなかった。だが祐介は違う。

走り続ける祐介に、追い付く事は出来なかった。

※

真琴のお陰で生きて地上へと戻れた。短い痛みが一歩ごとに背中を襲う。真琴は祐介の為に新しい服を用意していた。

飯倉から高速に乗る。夜明け前の首都高。白々し始めた空の下、左に東京タワーが聳え立つ。

電波が回復し、携帯がバイブした。メールが1件。

『お疲れ様』というタイトルの下には、優しさに満ち溢れた文章が綴られていた。

『大変だろうけどファイトです。でも、あまり頑張り過ぎないでね。おやすみ』

急なキャンセルを責める事も、話題にする事もない。高速を降りた頃、深く呼吸をし、祐介は電話した。

※

空が少しずつ色を変え、明け始める。

一睡もせずに朝を迎えた。膝の上ではリンゴが寝息を立てている。あの有明の月のように祐介はハナのもとから消えてしまうのでは……。

そう思った時、着信音が鳴り響いた。リンゴが体をビクンとさせる。呼吸を整え、逸る気持ちを抑え、ハナは通話ボタンを押した。

「はい」

〈もしもし……〉

昨日の朝に聞いた声が、遠い昔のように感じられた。

「祐介？」

聞き間違える筈など無いが、愛する人の名を口にしたかった。

〈うん……〉

胸が熱くなる。

〈寝てたよね？〉

「うん、寝てた」

咄嗟に嘘を選択する。

〈ごめん……〉

「ううん、少し前にリンゴに起こされたところだったから大丈夫」

リンゴの柔らかな毛を優しく撫でた。

〈リンゴ？〉

「うん、チワワ」

〈ハナより寝相が良さそうだ〉

「酷い人」

2人は静かに笑った。

「私、寝言言う？」

〈言うよ〉

「何て？」

〈レバ定一つ〉

「働き者ね」

〈感心するよ〉

「鼾《いびき》は？」

〈ノーコメントで〉

「もう」

ハナは幸せだった。こんな他愛もない会話で幸福感に満たされていく。

「移動中？」

〈タクシー〉

大型トラックが横をすり抜ける音がした。

「朝まで大変だったね」

〈ハナ〉

「なぁに」

その温かく優しい祐介の声色に眠気すら覚えた。

〈昨日は本当に申し訳ない事をしたね〉

「気にしないで」

〈ハナだけじゃない。ご両親にも〉

「大丈夫よ、暇だから」

〈ごめん……〉

祐介は呟いた。

「じゃあ、来週辺りに是非ウチに。ママがね、どうしても祐介に手料理を食べさせたいって」

美冬の気合いの入れ方を思い出して目尻が下がった。

「ママったらね、可笑しいのよ。朝からね……あれ」

電波が途切れたのだろうか。

「もしもし？」

〈……うん〉

「聞こえてる？」

〈うん……〉

「どうしたの？」

〈ごめん〉

「ああ、来週の話ね。気にしないで。急がなくても大丈夫だから。じゃあ、再来週は？」

〈ごめん……〉

「そう、残念だけど忙しいのなら仕方ないよ」

〈そうじゃないんだ〉

「そうじゃ……ないって？」

〈もう、ずっと、無理なんだ〉

再びハナに闇が訪れた。


愛する人との別れはドラマチックで泣きじゃくるものだと想像していた。ところが現実はそう美しいものではなかった。電話1本。実に呆気ないものだった。

祐介しか見ていなかった。祐介しか見えていなかった。祐介を失い、全ての機能が停止した。だから涙も出ないのだ。生きる意味を失い、将来を描けなくなった今、此処で短い生涯を終えても構わないとさえ、ハナは思った。いや、本当にそうなのだろうか。このまま本当に明日を迎えなくても後悔しないのだろうか。

そうではない。このままでは、この感情のままでは死んでも死に切れない。祐介が突然の別れを切り出したのは、計り知れない理由があるからに違いない。祐介は決して余計な事を口にしない。きっと私や家族に迷惑が掛かるから、そう判断して伝えなかったのだ。

全てを背負って生きていく。祐介らしい美学だが、それは友人の場合だ。愛し合う者同士なら苦しみは分かち合えばいい。孤独に全てを背負うのではなく、半分ずつ持てばいい。

時が経てば問題は必ず解決する。時は幸福な時代を遠い過去に変えてしまう残酷さもあれば、不幸や痛みを忘れさせてくれる慈悲深さもある。落ち着いたら戻って来てくれる。そう勝手に信じていこう。

急にお腹が空いてきた。食べ物が喉を通らず、塞ぎ込んで、痩せていき、髪を短くする……。そんな弱い女を演じるなんて、到底出来やしない。もしも、そんな姿をたまたま祐介が見掛けてしまったら、彼が自責の念にかられてしまう。祐介無しの生活でも大丈夫。そう遠くから思わせなければ真実の愛とは言えない。ねぇ、そうでしょ、祐介……。

レースのカーテンが朝陽に染まる。繊維の間をすり抜けて斜めに差し込む陽光に、リンゴは迷惑そうに体を丸めて尻尾の中に顔を埋めた。窓の向こうの空は憎らしい程に青く澄んでいる。

「おはよう」

朝食の支度をする美冬の背中を見て、ハナは温かい気持ちになった。

「あら、おはよう」

美冬は何もなかったかのように味噌汁の味を確かめている。

「お腹空いたでしょ？」

見透かされている事に少し照れながらダイニングテーブルに座る。湯気の立つ御飯、鯵の一夜干し、納豆、半熟のスクランブルエッグ、ひじき、若布《わかめ》と胡瓜《きゅうり》の酢の物、油揚げと豆腐の味噌汁。そして向かいに座る、柔らかい笑みを浮かべた美冬。いつも通りの朝に、ハナは癒されていく。

「いただきます」

手を合わせ、味噌汁を啜る。

「美味しい……」

美冬は何も言わず、ただ優しく微笑む。目尻に少し歳を重ねていた。味噌汁をもう一口啜る。涙が溢れ出る。小さく震えて泣くハナを、美冬は見守っていた。

※

あの日を最後に真琴の姿を見掛ける事はなかった。真琴と別れた5日後に店を辞めたと店長に聞いた。北海道で静かに暮らすと言ったらしい。

北に向かったのは意外だった。雪を恨んでいるような言い方をしていたが、何処かで故郷の空気感を捨て切れていなかったのだろう。

もう二度と会えない。それだけは分かっていた。

だが、冷たい雨が降る夜はふと、悪戯な瞳を輝かせたあの笑顔を、街の片隅に探しているのかも知れない。

7

六本木襲撃事件から半年余りが過ぎ、事態は急変した。

祐介は盃を交わす事なく、武山の運転手を務めていた。仕事は実にシンプルだった。呼び出されたら迎えに行き、言われた場所まで送ると車内で待機し、また次の場所へと送る。そんな生産性の無い1日が終わり、碑文谷の自宅で独り、朝まで息を潜めるように過ごしていた。

唯一の灯りは音を消したテレビ。ディスプレイはヨーロッパを横断する列車を映している。ブッカーズのロック。洋酒は苦手だが、このバーボンだけは口に合った。グラスを傾けると氷が溶け、小気味好い音を響かせた。その音を打ち消すようにガラステーブルの上で携帯がバイブした。

〈祐介か〉

武山はいつもと変わらぬ落ち着いた声で言った。

「はい」

〈……今日で俺の運転手は辞めてもらう。つまり、クビだ〉

沈黙の向こうで救急車のサイレンが微かに重なる。

〈もう二度と俺にその面を見せるな。事務所にも近付くな。用もなく六本木を彷徨《うろつ》く事は許さん。暫くの間は大蓮にも行くな。それと……例の件は全て忘れろ。お前はその場にも居なかったし、何も見ちゃいねぇ。サツに俺との関わりを聞かれたら、ただのバイト感覚で運転手をしていたと、金に目が眩んだ若気の至りってヤツだと言え。いいな〉

青天の霹靂《へきれき》。返す言葉が見付からない。だが、ここで従わなければ命の恩人でもある真琴に皺寄せが及ぶかも知れない。瞬時にそう考え、祐介は受け入れた。

「分かりました」

〈大将の事……頼んだぞ〉

「はい。お世話になりました」

〈何にもお世話しちゃいねぇよ〉

武山は受話器の向こうで静かに笑った。

〈あばよ、祐介〉

電話は切れた。

長い息を吐き、窓を開けると、暁風にカーテンが膨らむ。

これから何をすれば良いのか。

これから何処に向かえば良いのか。

視線の先で眩いばかりの太陽が力強く昇り始めた。

※

電話を切ると、武山はコイーバに火を点けた。少し開けたウインドーから生温かい海風を感じる。フロントガラスの向こうにはレインボーブリッジが闇夜に浮かぶ。

竹芝桟橋の埠頭。メンテナンスを繰り返し、乗り続けている60年代のカマロ。臨海都市の灯りに滲む東京湾にコイーバを燻らすと、あの日の事が頭を掠めた。

青森の北部が武山の生まれ故郷だった。

15歳の頃、父・修司が強盗殺人容疑で逮捕された。借金で首が回らなくなった結末がコレだ。

元々母・佳代子や、それを庇う武山に暴力を振るうような外道だった。殺された被害者や遺族には申し訳ないが、武山は修司が捕まって清々していた。

これで佳代子と年の離れた2歳の妹・紗千香と、家族3人で幸せになれる。そう武山は思っていた。

だが、待ち受けていたのは、小さな集落ならではの迫害だった。当然のように、それは学校にも飛び火し、同級生からの虐めを受けるようになった。

修司の借金を返済する為、佳代子は隣町へと働きに出た。その為、紗千香は一時的に、佳代子の実家に預けられる事になった。

思い描いていた家族3人の生活は崩れ、母子2人きりになった。

悲劇はそれで終わらなかった。修司が逮捕された僅か数週間後、迫害と孤独に耐え切れず、佳代子が自殺した。裏庭で首を吊って死んでいた。

『ごめんね。許してね』

僅かな文字の遺書で15歳の武山は捨てられた。

武山は警察に連絡した直後、佳代子の実家に電話した。

『この電話番号は現在使われておりません。番号をお確かめの上……』

掛け直したが、応えは一緒だった。この瞬間、武山は独りぼっちになった。

現実から逃げ、家族を捨て、命を絶った佳代子を、武山は生涯許さないと胸に刻んだ。

月明かりが差し込む簡素な部屋で、武山は村を出て行く事を決めた。独りでも生きていく強さを手に入れる為、家に残る僅かな金を手に、東京へ向かう事にした。

ただ、唯一の気掛かりは紗千香だ。紗千香は今、何処に居るのだろう……。

翌日、ボストンバッグを手に駅へと向かった。最寄り駅まで徒歩で40分。そこは単線の無人駅で電車が1時間に1本のローカル線だ。

遮る建物が無い一本道。山からの吹き下ろしを真横から受ける。この道は通学路の為、すれ違う生徒達から容赦の無い、冷たく鋭い視線を浴びた。だが、武山は気にも留めなかった。佳代子の遺体も今後どうなろうが、武山にはどうでもいい話だった。

「おや、おめぇどございぐんだ？」

同級生の橋爪が近付く。武山を虐める首謀者だった。橋爪は顔をニヤつかせた。

「オヤジの真似さしで、盗みに行ぐのか？」

いつもなら2、3人を引き連れているが、今朝は橋爪1人。

「何だぁ?」

武山は無言でバッグを地面に置くと、中から抜いた擂り粉木棒で、橋爪の顎を殴り付けた。その場に蹲った橋爪は低く悶えた。顎を覆った両手指の隙間から血が滴り落ちている。その手の甲の上をもう1発殴る。悶絶する橋爪の腕を武山は何度も殴り付けた。

武山のこれからの人生が決まった瞬間だった。


いよいよ夢へと続く、大きな第一歩を迎える。5日後に控えた、東洋チャンピオンを賭けたタイトルマッチ。

武山は挑戦者として心身共に仕上がっていた。苦しい減量にも耐え抜いた。慣れないインタビューにも対応した。全ては夢を叶える為。それは決して武山1人の夢ではない。大将との夢だ。いや違う。大将に見せてあげたい夢だった。

今夜、大将は店を貸し切りにした。武山をサポートする後援会の会員を招き、壮行会を催すという。減量中だから飲食は無しにしようと大将は提案したが、自慢の料理を会員達に楽しんでもらいたいと伝えた。目の前にあの美味い料理を並べられるのは酷だが、そこで耐えられないようでは世界チャンピオンになどなれる訳がないと、武山は自身に言い聞かせた。

ジムから地下鉄を乗り継いで六本木に向かう。東京での生活も5年が経った。窓に映る顔を見る。青森にこそ地下鉄があればと、乗る度に考える武山がいた。ふと思うのは、いつも故郷の空だった。目を閉じれば、あの短い夏の抜けるような青空と、長い冬の低く鉛色の空が瞼の裏に浮かぶ。

この電車内で誰一人、武山を認知している者はいない。だが、世界チャンピオンになったら話は別だ。誰もが武山を知り、関心は感心に変わる。同時に修司が残した汚点をマスコミが嗅ぎ付けるかも知れないが、そんなスキャンダルなど世界一の拳を手に入れてしまえば、いとも簡単に捩じ伏せる事が可能だ。力さえあれば、過去の過ちや不幸などは美談になる。武山はそう信じている。

広尾駅を過ぎた辺りで左側から強い視線を感じた。顔を向けると視線の主は、黒いハンチングを目深に被っていて、その鍔《つば》の下から僅かに覗く黒目を逸らした。病的なまでに痩せこけた頬を青黴《あおかび》のような無精髭が覆っている。服装は周囲の者に比べると著しく見窄《みすぼ》らしい。暫く様子を窺うが、男が武山に視線を戻す事はなかった。盗み見られていたと思ったが気のせいだった。試合前で神経が昂ぶっているからに違いない。

20人弱の壮行会は華やかではないにしろ、温かな雰囲気に包まれていた。参加者は六本木界隈で飲食店を営む者や大蓮の常連客、ホステスなどだった。

宴は主役を置き去りにして盛り上がったが、武山はそれが何よりも嬉しかった。

三本締めで2時間の会合は終わった。最後の参加者を見送ると、小さな店が広く感じた。

「疲れたろ?」

後片付けをする武山の背中に大将は労いの言葉を掛けた。今夜はもう帰れと言われたが、もう少しだけ此処に居たかった。

「チャンピオンになったらもっと大変だぞ。お前と飲みたがるのは顔見知りばかりじゃなくなるからな」

「頑張ります」

「そうそう……」

大将はテーブルに雑巾を放ると、奥から手提げ袋を持って来た。

袋の中を覗くとリボンが巻かれた包装紙が入っている。

丁寧に包装紙を開ける。中には真新しいガウンが入っていた。

「うわぁ……」

声が声にならず震えた。背中の部分を広げると赤い刺繍で『武山徹』と縦に縫われていた。その横には真紅の昇り龍が口を大きく開けている。

「いつまでも裸で入場じゃカッコつかねぇだろ」

大将は照れ笑いを浮かべた。

「ありがとうございます。何てお礼を言ったら……」

武山は喜びを強く噛み締めた。

「礼なんていらねぇ」

このガウンには沢山の人の想いが込められている。ガウンに袖を通し、羽織るという事は、その人達の想いを背負うのと同じだ。そして勇気ある1歩を踏み出す為に背中を押してもらっているのだ。決して独りでリングに上がり、独りで闘っているのではないという意味が、このガウンに込められている。

「リングで返します」

「それでこそプロボクサーだ。さぁ、敵をやっつける前に、食器を片付けちまうか」

全てが上手くいく……。武山は確信した。


「そろそろ帰れ」

皿を拭きながら言い放ったその言葉には優しい温度があった。

「今日は本当にありがとうございました」

膝に額がつく程に頭を下げると、大将は蠅でも追い払うように布巾を振った。店を出て扉を閉める間際に「頑張れよ」と、大将は顔の皺を全て集めたように笑って見せた。

武山の夢に付き合ってくれる人が居る。本気で希望を与えてくれる人が居る。大将は生きる意味を教えてくれた。そんな夜に事件は起こった。

外苑東通りに出る手前で後頭部を殴られた。武山は片膝を突き、頭を押さえた。武山の足元に角材が放り投げられ、何者かがその場を走り去る。

遠ざかる足音。フラつきながら立ち上がる。大切な物を奪われた。手荒な物盗りの犯行など深追いしない方が賢明だ。ましてや大事な試合を控えている。だが、奪われた物が物だけに、霞む目に力を入れて追い掛けた。後ろ姿は捉えていた。その男はハンチングを被っていた。

男の足が止まったのは乃木坂の手前。武山は袋小路に追い詰めた。男は背を向け、越えるには高すぎる壁を見上げている。

「大人しく返しな」

男は薄明かりに短い影を落とし、脇腹に片手をあてると丸まった背中を上下させ、荒い呼吸を繰り返していた。

「サッサと返せばサツには黙っておいてやる」

プロの拳は凶器として扱われる。何よりも、このタイミングで拳を痛めたら元も子もない。

「さぁ、早くよこしな」

武山は凄味を利かせ、ジリジリと詰め寄った。しかし男は怯える事もなく、月明かりに隙間が目立つヤニだらけの歯を零した。

「何を笑ってやがる」

街灯の弱光がチカチカと点滅している。

「久し振りだのぉ」

武山は耳を疑った。

「なー、そったに足速がったが？」

ハンチングの鍔が目元に影を落とす。

「覚えでねぇの？」

津軽弁で耳障りな甲高い声。

「何だば。すっかど都会っ子気取りだの」

男は息を吸いながら笑った。

「わーだ。橋爪だ」

男はハンチングをゆっくりと脱いだ。

記憶の引き出しに手が掛かる。

「てめぇ……」

口の中が干上がる。

「わい、嬉しいの。イッヒヒ。有名人が覚えでけでらなんてよ、ディヒッヒッ」

橋爪の涎《よだれ》を啜る喋り方に、全身の毛穴が閉じられた。

「で、テメェどういうつもりだ。サインが欲しいなら順に並びな」

「なー、中学もろぐに出でねぇのに字書けるだがして？」

橋爪は垢だらけの頬を片方だけ引きつらせた。

「もう1度だけ聞く。どういうつもりだ。答えなきゃ本当に喋れないようにしてやる」

「どういうつもりも、なーだって、ふったいで逃げたべな」

「忘れたな。こっちはテメェみたいに暇じゃねぇんだ」

「パンチの貰い過ぎだが？　ディヒッヒッ」

堪らず、武山は橋爪の腹を爪先で蹴り上げた。

橋爪は片手で腹を押さえて蹲った。もう片方の手はダラリと下げたままだ。その手は不自然な程に地面に伸びていて、まるで振り子時計のように揺れていた。

「なーさに滅茶苦茶にされた手だ。忘れだとは言わせねぇや」

橋爪は口に泡を浮かべ、嗄れた声で続けた。

「骨をグチャグチャにされてこのザマだ。わーは野球とば諦めたのに、なーはまほらっどボクシングだと？」

引き出しがまた1つ開いた。橋爪は野球部だった。

「それだけでねぇ。生活も全部グチャグチャだ。こった身体だば仕事もねぇしな」

「もう片方の手もそうしてやろうか」

これ以上、橋爪に関わるのは危険だ。

「殺られるのはなーの方だ」

砂利を踏む複数の足音に、武山は振り返った。

「貴様……」

鉄パイプを持った男４人に、路を塞がれた。

「へんば、金払った分、しかっど頼むど」

男達が構えた。街灯に妖しく反射する鉄パイプ。ニッカボッカとドカジャンの作業着。飯場《はんば》の作業員に大枚を握らせたようだ。ファイティングポーズを取る。極力手を使わずに倒すしか逃れる道はなさそうだ。

「ほぉ、これは楽しみじゃ。プロの凄さとは見へでけじゃ」

橋爪は粘り気のある涎を啜った。その鳩尾に蹴りを入れると、吐瀉物を撒き散らしながら橋爪は倒れた。間髪を容れずに使い物にならない腕を踏み潰すと猛獣のような呻き声を上げげた。神経は通っているようだ。喚き散らし、悶えるその顔面を何度も踏み付けた。橋爪は白目を剝いた。漸く耳障りな嗤《わら》い声が止んだ。

１人ずつ睨み付ける。爪楊枝を咥えた背の高い男。１８０センチはあるが線が細い。小さい奴。武山より10センチは低いが眼光が鋭く、厚い胸板から腕に自信があるように窺える。あとの２人は中背で、１人は武山の倍の体重はある。

男達が足裏を地面に擦り、ジリジリと武山を囲み始めた。低い砂埃が舞う。武山は膝を曲げると足元にある拳大の石を拾い上げ、長身の男の顔目掛けて投げ付けた。

「アガッ！」

石は男の右目に命中した。素早く男の前に詰め寄る。左右の掌底を男の顎に打ち付ける。男の顔が大きく傾き、脳が揺れる。その頭を両手で抱え、鼻っ面に膝頭を入れる。鼻骨と眼底骨が折れる鈍い音と感触。男は背中から地面に落ちた。

倒れた男に重なる影が動く。デブが鉄パイプを振り上げた。体を反転させて鉄パイプを避ける。振り下ろされた鉄パイプが倒れた男の腹に減《め》り込む。そのまま1回転して、デブの鼻に肘をブチ当てた。デブは鉄パイプを握ったまま崩れ落ちた。その顔を爪先で蹴ると砂利の上をゴロゴロと転げ回った。その様子を見ていた中背の男は狼狽した。

だが、チビだけは別だった。倒れた２人には目もくれず、逆に嬉々として戯れんばかりに武山を見ている。

「あーあ、完全に伸びちまったよ。だらしねぇなぁ」

チビは蔑んだ目を倒れた男に向け、靴の先で男の脇腹を突いた。

「お前、明日コイツらを病院に連れて行ってやれ」

そう言うと中背の男は頭を下げて倒れた男を抱え起こした。デブはよろけながらも1人で立ち上がり、チビ1人を残してそそくさと退散した。

「やるねぇ」

チビは鉄パイプを投げ捨てた。

「タイマンなら俺も素手でやらねぇとな」

チビはドカジャンを脱ぎ捨て、染みだらけのTシャツから筋骨隆々の上半身を見せ付けた。袖から生えた丸太のような腕。太く縮まった首はまるでブルドッグだ。

「身体見てビビったのか？」

「ああ、俺はノンケだから他をあたってくれ」

「貴様……」

チビの毛細血管が怒りに浮かび上がる。

「面白ぇじゃねぇか」

チビはデトロイトスタイル風に構えた。

「経験者か？」

「マジにやりゃ、世界も夢じゃなかったぜ」

チビは鼻を膨らませた。

「昔話ならゲイバーでやれよ、オッサン。こっちは現役で暇じゃねぇんだ」

「随分とナメてくれるじゃねぇか」

「お喋りなブルドッグだな。首輪外してもらってご機嫌か」

チビは拳を震わせた。武山は足元に目線を送った。

「このガキがぁぁ！」

チビは血走った目をひん剝き、突進した。武山は再びしゃがみ、石を拾ってチビの顔目掛けて腕を振った。チビは咄嗟に顔を手で覆った。だがそれはフェイクで、足元に適当な石など落ちていなかった。武山はチビの横をすり抜け、簡単に鉄パイプを拾ってみせた。

「形勢逆転だな」

状況を把握したチビは激昂した。鉄パイプをチビの顔に向ける。紅潮した顔は餌を奪われたブルドッグそのものだ。

「頭使えよ。少しは脳ミソ残ってんだろ」

「卑怯な野郎だ……」

チビは息を荒くし、拳を握り締めた。武山は鉄パイプを振り上げた。

「さぁ、大人しく尻尾巻いて帰りな。おっと、ブルドッグじゃあ、巻く程の長さは無《ね》えか」

「覚えてろよ……」

「パンチを貰い過ぎなければな、うっ」

「なーこそ喋り過ぎだ」

意識を取り戻した橋爪に武山は脇腹を刺された。

「外道が……」

「イヒヒヒ」

橋爪が耳元で嗤う。経験した事が無い悪寒が、武山の全身に広がる。

橋爪は包丁を脇腹に刺し残したまま、その場から走り去った。

「ざまあねぇなぁ」

チビが鉄パイプを奪い取る。

「ぐあっ！」

鉄パイプで腹を殴られ、武山はその場に蹲った。

「あがっ！」

振り下ろされた鉄パイプが肩口に激痛を走らす。チビは武山の右手首を捻り上げると、その手を地面に持っていき、手の甲を踵で踏み付けた。

「ぐあああああ！」

チビは笑いながら煙草を踏み消すように体重を乗せた。

チビの靴底が手の甲から手首へと移動した。腕は完全にロックされた。武山は逃れようと必死にもがいた。

チビは歯を剥き出して高笑いした。チビの上には月が蒼白な光を放っている。鉄パイプが月に重なった。まるで月も鉄パイプで半分に潰されたみたいだった。鉄パイプが右手の甲に振り下ろされていく。名も知らぬ袋小路の片隅で、名も知られぬボクサーの小さな夢が粉々に砕かれた。


「気が付いたか？」

枕元の電気スタンド。橙色の灯りに浮かぶ顔。

「大……将……？」

起き上がろうとしたが、頭が僅かに持ち上がるだけで、首から下の自由が利かない。武山は病衣を纏っていた。

「痛むか？」

「此処は……？」

「逓信病院だ」

少しずつ浮かび上がる記憶。武山は乃木坂から五反田に搬送されていた。

「大人しく寝てりゃ1ヶ月位で出られるそうだ」

「え……」

「命に別状はない。それだけでも感謝だ。命あっての事だからな」

腕が……拳が……指先が……動かない。

「あれだけの怪我を負って、その程度で済んだのは奇跡だそうだ」

大将は諭すように言った。

「試合……は？」

大将は黙ったまま、憐れむような視線を武山に落としている。

「大将？」

すると大将は、ゆっくりと首を横に2回振った。

「徹……」

張り詰めた空気の中。大将は数秒間、唇を噛むと答えた。

「諦めてくれ」

大将の顔が滲んでいく。

「今はゆっくり休むんだ」

「俺の……俺のガウンは？」

「安心しろ」

「俺……またリングに立てますよね？」

医者よりも大将を信じている。

「ああ。だから今は安静にして、1日も早く元気になるんだ。明日また来るから。もう寝ろ」

優しい嘘。

大将はグシャグシャになった武山の顔を見て枕元にタオルを置き、そして静かに部屋を出て行った。その白いタオルは人生というリングで闘う武山に投げられた。引退の10カウントは病院のベッドで音も無く鳴らされた。


5回で出なかったら切る筈だった。

〈はい〉

紗千香は低く、平坦な声で出た。2度目の電話だった。最初は留守番電話に武山の身分と、紗千香の電話番号を知った経緯、そしてまた掛け直す旨を吹き込んだ。

「すまない、こんな遅くに」

深夜零時前。こんな時間に電話に出るという事は、紗千香は武山の携帯番号を登録しているという事なのか。

〈お金、あなたですよね〉

「勝手な事してすまない」

5日前、若い衆を使い、現金300万円を紗千香の家のポストに投函させた。少しでも学費の足しになればと思っての事だった。

〈私、ちゃんと働いてますから〉

「ああ」

〈ちゃんと育てていますから〉

「ああ」

〈だからもう、ああいう事はやめて下さい〉

「分かった」

〈お返ししたいのですが、どうすれば良いでしょうか?〉

「近々連絡する」

〈お願いします〉

「本当にすまない」

紗千香に数日後、２億円近い武山の財産が入るのは黙っておく事にした。

〈いいえ……〉

「こんな時間に申し訳なかった」

〈いいえ……〉

「それじゃあ」

〈あの〉

電話を切ろうと、携帯を耳から離した時だった。

〈今日、お母さんの命日だから……〉

紗千香は迷いながら言った。

〈だから、電話して来たんですか？〉

武山は黙ったまま、コイーバを咥えた。

「偶然だ」

煙と共に吐き出した。

〈あの〉

紗千香は長い息を吐くと、震える声で言った。

〈いつか……姪っ子の顔、見に来て下さい。若い頃のお母さんに、凄く似てるから……〉

武山は込み上げる感情を必死で抑えた。

「……それじゃあ」

〈はい……〉

煙が目に沁みた。

助手席のシートに置かれた色褪せたガウン。大将の事は祐介に任せた。もう1つの気懸りだった愛犬のカリートは、充分な餌代と共に馴染みのホステスが引き取ってくれた。

窓の隙間からコイーバを指先で弾き飛ばす。場違いな迷い蛍のように、コイーバは弧を描いて東京湾へと消えた。

ダッシュボードの中から銃を取り出す。闇夜に浮かぶトカレフTT-33。武山は冷たいトリガーに指を掛けた。結局、最期はオフクロと一緒だった。

僅かに震える指に力を入れ、銃口を咥えると携帯が鳴った。銃口を外し、安全装置をロックする。まるで見計らったかのようなタイミング。

画面には紗千香の名でショートメールが着信していた。トカレフをガウンの上に置き、メールを開く。

『お気遣いありがとうございます。武山さんにお会い出来る日を楽しみにしています。　麻里奈』

紗千香は武山の事を麻里奈に話していた。武山は動揺した。

ショートメールには画像が添付されていた。

武山は目を見開いた。写真の中の麻里奈は若い頃の佳代子に似ていた。

メールは麻里奈の言伝《ことづて》だけではなかった。

『約束覚えてますか？　あなたは私に必ず迎えに行くからと告げたそうですね。叔母さんが亡くなる前に聞きました。娘には、まだあなたが私の兄だとは伝えていませんが、受験が終わったら全てを話すつもりです。だから、今度はちゃんと約束を守って下さい。姪に会いに行くと』

メールはそこで終わっていた。別れを告げなくても、紗千香は感じ取っていた。武山はリダイヤルボタンを押した。ワンコールもせずに紗千香は電話口に出た。

〈はい〉

「何度もすまん」

〈いいえ〉

暫くの沈黙の後、紗千香が口を開いた。

〈覚えてましたか？〉

「ああ」

〈結局、あなたは迎えに来なかった〉

「すまない……」

〈大変な思いをしたのはあなただけじゃないんです。私もあなたと同様に人殺しの娘と言われてきたんです〉

武山は目を閉じた。

「申し訳ない」

〈あなたが謝る必要はありません。でも、あなたは1人で故郷から逃げた。私は逃げる事さえ出来なかった。そして、また1人で逃げようとしている。卑怯です〉

「ああ」

〈もう、逃げないで下さい〉

紗千香は武山の心に強く訴えた。

〈何年でも待ってますから、今度はちゃんと約束を守って下さい。お願いします……〉

「分かった……約束しよう」

〈ありがとうございます〉

電話を切り、もう1度麻里奈の顔を見る。制服姿で微笑む麻里奈。佳代子もまた、今の麻里奈と同じ位の時には、きっと大きな夢を思い描いていたに違いない。麻里奈のように美しい笑顔を浮かべて。

携帯を胸ポケットに仕舞う。武山は足を洗う事を決意した。

サイドミラーに人影が映る。武山はゆっくりとトカレフをガウンの下に忍ばせた。人影は港湾作業員だった。武山は作業員を見送ると、トカレフを持ち、車外に出た。

積荷を終えた汽船に作業員が乗り込んだのを確認すると、トカレフを海に投げ捨てた。こんなにも清々しい気分になったのは久し振りの事だった。

新しい煙草に火を点ける。堅気に戻ると伝えたら、大将は喜んでくれるだろうか。もう1度だけ誰かの為に生きていく。そう心に誓った時だった。

「武山あああ!!」

怒鳴り声と共に、何者かに体当たりされ、武山は埠頭に転倒した。武山の首に強い衝撃と違和感が生じる。首を押さえながら男を見上げた。

「て、てめぇ……斉藤……」

声にならない声。武山は斉藤を睨みつけた。

「ざまあねぇな」

斉藤はヘラヘラと笑いながら、サバイバルナイフを海に放り投げた。

「俺にナメた口を利いた事を後悔しな」

「クソ……ガキ……が……」

押さえた首から生温かい血が溢れ出る。刃物で首を斬られていた。斉藤が高笑いしながら去って行く。

倒れた拍子に落ちた携帯に手を伸ばす。震える指で麻里奈の写真を開く。

「母ちゃん……紗千香……ごめんよ」

武山は久々に泣いた。羽田沖の闇夜に浮かぶ夜間航行機の翼端灯が見えた。緑と赤の点滅。それが武山の最期に見た景色だった。

※

武山の死を知ったのは、クビになった2日後だった。

武山には警察から、西森とヤスの殺人教唆と違法ドラッグの売買に関する2つの容疑がかけられていた。本家からはドラッグの扱いで追い詰められていた。

携帯の履歴照会も含め、警察による任意での事情聴取の可能性があるだろうが、武山の漢気を立て約束を貫徹するのみだ。祐介は武山の車のスペアキーを東京湾に放り、祈りを捧げた。

武山が死亡して10日が経った。

浅い眠りから目覚め、祐介はバルコニーに出た。熱を帯びた身体を心地よい夜風が包む。寝静まった街並。小銭を握り締め、外へ出る。自販機にコインを入れる。

寄り添うビルの谷間に立ち、ミネラルウォーターを流し込む。雲にブラインドされた待宵《まつよい》の月が、仄暗い空に青白く罅割れた夜を描いていた。

※

理科の授業中に担任が言っていた。地球に生存する生物の総重量の内、その4分の1が蟻だと。蟻など意識しないと見えないのに、集めるとそんなにいるのかと驚いたのを憶えている。小さな存在でも集まる事で大きな力になる。教室の片隅でそう物思いに耽っていた。

ハナは庭に出て、テラスのベンチに腰掛けていた。風が吹き、樹々を揺らす。ジョンとルーシーが尾を緩やかに靡かせて近付き、足首を擽る。優しく撫でると腹這いになり、目を細めた。

夜空を見上げる。ブルーグレーの空に見え隠れする月。流れる曇の隙間から溢れる月明かりのシグナル。途切れ途切れの雲は、まるで小さな蟻が列を成しているかのようだった。

２０１２年

午前６時過ぎ。薄曇りの朝。雲と空の区別がつかない曖昧な天候の中、誇らしげに咲く春の草花が涼風に揺れている。

多摩川の土手をハナは独り歩いていた。自宅に程近い此処は小学生の頃から訪れていて、川面に夕陽に照らされてオレンジ色の一本橋が掛かるまで遊んでいた。数え切れぬ程の美しい想い出が詰まった大切な場所。そこかしこにキラキラとしたエピソードが埋まっている。今日もまた１つ、大きな想い出が刻まれる。

日課となっている朝の散歩。普段と異なるのはジョンとルーシーが傍らに居ないだけではない。土手に腰を下ろしている多くの人々。老若男女、皆がそわそわしながら南東の空を見上げている。

スペースを見つけて座る。手には携帯と１２００円で購入したサングラス型の観測グッズ。グラス部分に特殊なフィルムが装着されただけのチープな作り。天候がイマイチなので掛けると暗過ぎて逆効果のようだ。サングラスの方が余程役に立つ。

風が水面を揺らす。遅れてハナの髪を靡かせた。雲の動きが速い。その度に太陽は顔を覗かせたり隠れたりしている。

周囲が騒めいていた。時刻は6時18分。サングラスを掛けて腰を上げる。

ゆっくりと太陽が蝕まれていくと、周囲に低い歓声が上がった。

7時31分。空にカーテンが引かれたように薄暗くなった。遂に金環日食が広大な空に現れた。悲鳴にも似たどよめきが起こる。鼓動が速くなったその時……。

「ハナ……」

高鳴った心臓が止まりそうになる。声のする方を1秒でも早く振り向きたい。気持ちとは裏腹に、身体が上手く動かない。少しずつ反転させながら、サングラスに指を掛ける。日食を見ていた目が少しずつ焦点を合わせていく。

「おかえり……」

「ただいま……」

祐介は複雑な表情で答えた。様々な感情の色が混じり合った祐介の顔が霞んでいく。

今この瞬間、空を見上げていないのは2人だけだった。それよりも大切な奇跡を、ハナはその目に焼き付けている。祐介が日食のように、ハナの心を侵食していった。

「ハナ」

「はい」

「もう1度、付き合って欲しい」

「……はい」

「ありがとう。それと……」

祐介は1拍置いた。

「……結婚して欲しい」

ハナは息を呑んだ。

「交際と結婚。同時に申し込まれた」

ハナは少し拗ねるように口を尖らせた。

「効率が良いだろ？」

「そういうのって別問題じゃない？」

「結婚は交際の延長線上にある」

「延長というより隣合わせね」

「神様がそうしたのかも」

「このタイミングを？」

「そう、神一重……なんてね」

「祐介にしては、まあまあね」

「ハナ」

「はい……」

「結婚しよう」

「はい」

2人はどちらからともなく歩み寄った。

祐介は人目も憚らずにハナを抱き締めた。

「ちょっと大胆過ぎない？」

「もう少しだけ」

「でも周りに人が……」

「太陽は見ていない」

「……そうね」

ハナも祐介の腰に腕を回した。

「ごめん」

「何が？」

「指輪も無しにプロポーズした」

「指輪ならあるわ。ほら」

ハナは空を見上げた。

祐介が左手を差し出す。その厚みのある掌にハナの掌を重ね合わせる。

祐介は重ねた掌を金環日食が見える真下までエスコートすると、右手の親指と人差し指の腹を、中空の金環日食を摑むように近付けた。そして、その太陽のリングをハナの薬指にそっと嵌めた。

「綺麗……」

ハナは薬指を金環日食に重ねて翳した。

「ロマンティックね」

「いつか本物を」

「その気持ちだけでいいの……」

ハナはそっと祐介の肩に寄り添った。

午前7時36分48秒。金環日食は終わった。ハナという太陽に祐介という月が重なった。だが2人の心はもう二度と離れない。

「終わったのね……」

神秘の天体ショーが終わり、周囲の人達は足早に多摩川を後にして日常へと向かっていた。

「ごめん、ハナ。あんなに楽しみにしていたのに……」

ハナがこの日を心待ちにしていたのを、祐介は誰よりも知っていた。だからこそ、今日この場所を訪れ、再会を果たせた。

「終わってないよ」

ハナの一言に、祐介は空を見上げた。

「始まったばかりよ、私達……」

ハナはまだ日食の余韻に浸っていた。祐介もまた、神秘的なハナに心を奪われている。これまでも、そしてこれからも。


小さな児童公園で出逢った祐介とハナ。

13年越しの再会から後、今日、この広い多摩川の土手で祐介は2度目の〈奇跡〉を起こしていた。

ハナは想い続ける事で〈願い〉を叶えた。

偶然は2度ない……。そんな言葉を昔、ハナは聞いた事がある。だから、これは偶然でも奇跡でもない。祐介と一緒に起こる出来事、その全てが必然だったとハナは確信した。

「腹は？」

「ペコペコ」

「でもまだ開いてないか」

「開いてるわよ、近くの牛丼屋さんなら」

「朝から牛丼？」

「記念日にお肉は付き物でしょ」

「よし、奮発するよ」

「じゃあ大盛り、つゆだく、温玉にお新香。それに豚汁ね」

爽やかな薫風が2人の背中を押す。

「デザートは？」

「コンビニ」

「食後のコーヒーは？」

「自販機」

「フルコースね」

「記念日だから」

「最高」

8

ハナと行く初めての旅行は、祐介にとって人生初の海外旅行となった。ハナの胸元には大切な命が小さな指をしゃぶり、眠りに就いている。働きに働き、訪れたタヒチ・ボラボラ島。新婚旅行を兼ねたこの旅が終われば、またがむしゃらに働くのみだ。

祐介は建築会社に勤めながら、調理師免許取得を目指して専門学校に通っていた。ハナは育児と家事をこなしつつ、大蓮に立っている。

「綺麗……」

ハナは祐介の背中に広がるパノラマの夕景に恍惚の表情を浮かべている。マティラ岬のプライベートビーチから望む世界有数の絶景。光彩目を奪うばかりの装いに、ハナは何度も溜め息をついていた。

「優花は？」

「今、起きた」

思いやりのある子に育って欲しいと命名した。祐介は『優華』を候補に挙げたが、「華やかさよりも、ひっそりと、でも懸命に生きて欲しい」とハナが望んで決めた。

パールホワイトの輝きを放つ浜辺。優花はオレンジに染まった小さな指を広げ、短い腕を伸ばし、真珠のイヤリングを摑もうとしている。

「取れるかなぁ」

ハナは嬉しそうに首を傾け、イヤリングを振って微笑んだ。優花もくるくると笑っている。

水平線に沈む夕陽に貨物船が重なり、鳥の群れが西の空へと溶けていく。

「さぁ、そろそろディナーだね」

祐介は左腕で優花を優しく抱き、右腕でハナの肩を強く抱いた。

「将来は南の島で暮らしたいな」

イヤリングが髪と共に風に吹かれる。

「向日葵が沢山咲いている所がいいな」

「そんな町で優花を育てられたら素敵ね」

優花は絹のような光沢のある口元を開き、キラキラと笑った。


「寒い……」

空港を出ると、ハナは着ていたコートのボタンを外し、その懐に抱っこしていた優花を繭のようにおさめて包んだ。気温差は23度。真夏のタヒチから真冬の日本に帰国すると、心が折れそうな程の北風に嘆く。常夏の島に滞在した優雅な5日間が、遥か遠い昔に思えてならない。目の前に広がるのはコバルトブルーの美しい海ではなく、冷気のカーテンに覆われた無機質なグレーのコンクリートだ。

「帰って来ちゃったね」

ハナの言葉が白い塊となって、2月の空に溶けて消えた。優花は気温の変化に円らな瞳をパチクリとさせている。

「あっという間だったね……」

ハナは空を見上げると、寂しそうに呟いた。

「あの空の遥か彼方に夕ヒチの空があるのね」

北風が祐介の肩を縮ませる。

「この延長線上に」

センチメンタルな言葉を吐露する感傷的なハナの横顔と背景に、記憶したタヒチの空を重ねてみる。

タヒチの空に比べると、この街の空は僅かに薄く感じた。季節の違いがあるにせよ、褪せたジーンズのように、本来の色を失っていた。

「元の生活が始まるのかぁ」

色彩豊かな短い夢から覚め、モノクロの現実に引き戻された。溜め息の度にタヒチで紡いだ美しい思い出が、記憶の中から気体として消えていきそうで切ない。

「パパ、ファイト」

ハナは優花の顔を祐介に向けた。優花は眩しさに長い睫毛を閉じている。

「だね」

マシュマロのような頬に指先をあてる。優花は歯の生えていない口を開き、天使のように微笑んだ。

「車取って来るから中で待ってて」

ローンで購入した国産車。運転のセンスはハナの方がある。

「ううん、一緒に行く」

「優花が風邪引いたら大変だろ」

祐介は優花の柔らかな髪を撫でた。

「そう……ね。じゃあ、お願いしちゃおうかな」

「任せて」

「ねぇ祐介？」

「うん？」

「私は風邪引いても？」

「いいわけないだろう」

祐介はワザと面倒な顔を浮かべた。

「宜しい」

カートをハナに預け、隣接する駐車場に向かう。ポケットのスマホがバイブした。通路を渡り切ってからディスプレイを確認すると4件の留守電が表示された。全て大将からだ。胸騒ぎがする。大将が電話を掛けてくることなど滅多にない。留守番電話サービスセンターに問い合わせる。

ハナの方を振り返り、スマホを耳にあて、何気無く停まっている車に目をやる。

すると、そのセダンは祐介を挑発するようにエンジンを吹かした。タイヤが空転し、甲高い摩擦音を響かせた。車は後輪から白煙を上げると急発進した。ハナもその車を見ている。車のスピードが上がる。耳元では留守電のガイダンスが流れている。車はその景色には似合わないスピードを出した。

ハナが目を見開く。車が歩行者のカートに接触した。カートがぐにゃりと曲がる。付近の人間が薙ぎ倒された。撥ねられたカートが舞い上がる。カートに積まれたトランクが遅れて空中に放り投げられた。そして、ハナが人形のように空に浮かんだ。

※

消え入りそうな蛍光灯の下、松岡は持病の腰痛で悲鳴を上げぬよう、背筋を伸ばしながら餃子の具を捏ねていた。埃の被った液晶テレビが、簡素で特徴の無い店内に、ケミカルな色を降らしていた。

『……続いてのニュースです。今日、千葉県成田市の成田空港第2ターミナル前の路上で、暴走した自動車に母子2名を含む、8名が巻き込まれる事故が発生しました。警察は、この車を運転していた東京都台東区に住む、無職の堀田泰生容疑者を自動車運転過失……』

痛ましいニュースに手が止まる。

『……この事故で東京都目黒区に住む主婦、岸田華さんが全身を強く打ち……』

頭を殴られたような衝撃。脚を必死に前へと運びながら厨房を出る。

『……逮捕後、堀田容疑者は意味不明な発言を繰り返しており、車内を調べたところ、所持品の中から微量の覚醒剤が発見され、更に尿検査の結果、覚醒剤の陽性反応を示した為、成田署は覚醒剤の所持と使用についても併せて……』

松岡は感覚の無い手で必死にカウンターを摑み、身体を支えた。その容疑者は祐介の行方を調べていた男だった。

※

昨年よりも早い夏を予感させる大きな積乱雲のお陰で、幾分か陽射しが和らいだ午後。優花は黙々と斜面を飾る名も知らぬ草花を摘んでは、小さな移動を繰り返している。

「やあ！」

聞き慣れた声に振り向くと、雲を背にした大将が優花に手を振っていた。

「あっ、らーめんじいじぃ」

優花は手を休め、お気に入りの花柄のスカートを翻し、土手を駆け上がった。優花は好物のラーメンを作ってくれる大将をそう呼んでいた。

「こんにちは、優ちゃん」

大将は腰を曲げると、飛びついた優花を抱き上げた。

「ねぇねぇ、みて！」

優花は右手いっぱいの草花を大将の鼻先に近付けた。

「優花、ご挨拶は？」

「こんにちは。ねぇ、ほら」

「おお、いっぱい取ったねぇ」

「きれいでしょ？」

「凄く綺麗だね」

大将は破顔した。

「そうそう、コレ」

大将はビニール袋を優花の目線に合わせた。

「アイス」

優花は瞳を輝かせた。

「今日暑いだろ？　熱中症にでもなったら大変だから。それに溶けちまうし……な。いいか？」

大将は鼻頭を掻きながら言った。熱中症ならアイスより水分だろうと、祐介は苦笑を堪えた。

優花は縋るような瞳で祐介を覗き見た。

「ちゃんとゴハン食べる？」

「たべる」

「お約束出来る？」

「うん、おやくそく」

少し間をおいて、祐介は溜め息混じりに小指を立てた。優花は短い小指を絡ませて歌った。

「……ゆびきったぁ」

「じゃあ、いいよ」

優花は飛び跳ねて喜んだ。集めた草花を預かる。

「らーめんじいじ、あーと」

「どういたしまして」

大将は満面の笑みを浮かべた。

「いつもすみません」

「俺の方こそ、メシ前にすまん」

大将は緑の絨毯に胡座《あぐら》をかくと、優花を膝の上に乗せた。

「いたらきましゅ」

弾力のある手を合わせ、小さな口にアイスを運ぶ。大将は目に入れても痛くないという顔で、何往復も優花の髪を撫でた。

「早いもんだな……」

心地よい風が祐介のシャツを膨らます。太陽が雲から微かに顔を覗かせた。キラキラと反射する水面に大将は目を細めた。

「あっという間に大人になっちまう」

「はい」

「お前も成長した」

「歳を取っただけです」

2匹の紋白蝶が花と戯れている。

「日々頑張っている」

「この子がいるからです」

優花の頰に付いたアイスを祐介はティッシュで拭った。

「ハナに頼まれたので……」

「そうだな……」

大将は複雑な顔で答えた。

「美味しい？」

優花の頰を擽る髪を耳の後ろに掛ける。

「おいちー」

耳の形がハナそっくりだ。

「ところで……」

「何故、俺が此処に居ると？」

「はい」

「毎年決まってこの日に休みを取っていただろ。ウチを辞めてからはどう過ごしているのか気になってな。まぁ、この子に会いたいというのが一番の理由だが」

大将は優花の頰をチョンと突いた。

「それでな、ハナちゃんがこの場所を好きだと話していた事を、ふと思い出してな」

祐介は脇にある小石を拾い上げ、本流から取り残された水溜りに投げた。

「実は……結婚を申し込んだ場所なんです」

その時が鮮明に蘇る。大将は納得したように頷くと、重い口を開いた。

「俺が言える立場じゃないが、そろそろ自分を許してやったらどうだ。お前は何も悪くないんだから、お前は……」

大将もまた、自分を責め続けていた。タヒチ滞在中、大将は連絡を取ろうと何度も祐介の携帯に電話を掛けていた。怪しい奴が嗅ぎ回っていると伝える為に。だが携帯が鳴る事は無かった。祐介が電源を切ったままだったからだ。余計な心配をさせぬよう、大将はハナの携帯には連絡をしなかった。その事を大将は悔やみ続けている。祐介はそれが辛かった。

ハナに抱かれていた優花は奇跡的に擦り傷一つなかった。ハナがクッションとなり守られていた。

「らーめんじいじ、あっちいこ」

「よし、行こう」

2人は土手を下った。手を繋いで歩く後ろ姿は、血の繋がった祖父と孫そのもののようだった。花を摘む2人の上に果てしなく広がる空。タヒチの空の色は、もう思い出す事が出来ない。なのに、あの日の事は忘れようにも忘れられない。

いっそ、堀田をこの手で……。そう考えた時期もあった。だが、そんな蛮行をして誰が報われるというのか。目の前で花摘みを楽しむ可憐な少女は、その瞬間から殺人犯の娘というレッテルを貼られてしまう。

時が経つに連れ、少しずつ復讐心は薄れていった。それと引き換えに増幅する自責の念が、じわじわと祐介を縛り上げ、苦しめた。目を瞑ると浮かぶ、あの日の惨劇。眠ることさえ許されないのかと、神に怒りを向けた夜もあった。

それを鎮めてくれるのは、いつも優花だった。その笑顔。その泣き顔。その眠った顔。テーブルにシールを貼ったり、冷蔵庫に落書きしたり、菓子の油が付いた手をソファーに擦り付けたり、上手に服が着られなくて喚いたり。キノコが食卓に並ぶと憂鬱な溜め息を吐き、街中で消火器を見つけては報告する。そんな優花の全てが、祐介の心に立ち込めた霧を晴らしてくれた。


「とーちゃーく」

長い石段を上り切ると、眼前には都会の喧騒を遮断した異空間が広がる。幼き頃、富士子と手を繋ぎ、この石段を息を切らしながら数えた。

今は親となり、子供の手を取って通っている。つい最近まで抱っこや肩車をしなければ、この石段を上れなかった優花が、自らの足で上った事に、祐介は静かな感動を覚えていた。

「さぁ、優花も」

柄杓を手にした優花の両脇を抱え、墓石の高さまで持ち上げると、勢いよく水を掛けた。スカートに跳ね上がる水などお構い無しだ。

「きもちーい？」

空を走るように短い足をバタバタさせながら、優花は墓石に話し掛けた。

「凄く、気持ち良いって」

「ぱぱ、きこえるの？」

「うん」

「もっとやる」

柄杓を振り回す優花。これ以上すると、祐介の草臥れたニューバランスのシューズまで濡れてしまう。

「もう、大丈夫だって言ってるよ」

祐介は優花を降ろした。

「ゆうちゃんも、ききたーい」

2人して唇に人差し指を立てた。

「聞こえた？」

「うん」

「何て？」

「おみず、ちょうだいって」

優花の機転の速さは母親譲りだ。優花は桶の水が無くなるまで続けた。それは新しい靴を買うタイミングを祐介に与えた。

祐介は駅前で購入した供花と線香を、優花はアイスの棒を供えた。

「こんにちは」

声の方を向く。住職だ。

「こんにちは」

「御苦労様です」

「こんにちは」

優花は丁寧に頭を下げた。

「暑いのに偉いね」

優花は住職の側に駆け寄ると、勢いよく袈裟の袖を引っ張った。

「ねぇねぇ、おぼうさん」

止めようとした祐介に、住職は「構わんよ」と腰を曲げた。

「あのね、ゆうちゃんね、あいすのぼう、あげたよ」

「そうなんだ。それは良い事をしたね。ご先祖様もお喜びになっているよ」

住職は優花の頭を優しく撫でた。

「また大きくなったねぇ」

「うん、ごはん、いっぱいたべるもん」

「凄いねぇ」

「にんぎんさんと、ぶーちもたべるもん」

「人参とブロッコリーの事です」

ちなみに納豆が『ま』、味噌汁が『ぴ』だ。祐介にも理由は分からない。

「ちょっと見ない間にすぐ大きくなりますなぁ。次はもう抱っこ出来ないかもねぇ」

住職は顎を摩った。

「だっこして」

優花は住職に短い腕を伸ばした。

「優花」

祐介は静かに声を尖らせた。

「どれどれ」

住職の方が待ち望んでいたようだ。

「ああ、これは大きくなったなぁ」

住職は満足そうに優花を上下に揺らした。

「おぼうさん」

「何だい？」

「なんで、かみのけないの？」

「ちょ、ちょょっと優花……」

「おはかにあげちゃったの？」

優花は心底憐れみの表情を浮かべ、西瓜のようにペチペチと住職の頭を叩いた。

「こりゃ一本取られたな。まぁ髪は1本どころか全部取られたがな」

住職は口を大きく開けて笑った。祐介は乾いた汗を再び流す事になった。

「さぁ、優花。もう降りなさい」

「私は構わんよ」

「ですが……」

「では、下で麦茶でもいかがかな？」

「むぎちゃ、のむぅ」

祐介がキッと睨むと、優花はスッとそっぽを向いた。

「子供は正直が一番。それに、こんな日はこまめに水分を取らなくては」

大将のような言い回しに、麦茶ではなくアイスなのではと祐介は心の中で苦笑した。祐介は礼を言ってから、優花の顔の前に人差し指を立てた。

「他にワガママ言っちゃダメだよ」

「うん」

「では、お言葉に甘えて少しだけお邪魔させて頂きます。優花、お墓にご挨拶して」

住職の手から抜けた優花は走って墓石の前に立つと、両掌をパチンと合わせた。

「ばいばい」

優花は墓石に手を振ると住職に走り寄った。

「もう少し手を合わせたいのでは？」

「大丈夫です」

「心残りでいては御先祖様が心配なさいますよ」

「そうですね……」

「では娘さんと先に本堂に行ってるとしよう」

「申し訳ありません。直ぐに済ませますので」

「どうぞ、ごゆるりと」

「優花、良い子でいるんだよ。分かった？」

「どうぞ、ごゆるりと」

優花は住職の真似をして、半眼で口をへの字に曲げた。

「もう……」

2人は手を繋ぎ、談笑しながら本堂へ向かった。

「甘やかし過ぎだよね」

祐介は墓石に詫びると膝を折り、改めて向かい合った。

「この花の何本かはね、多摩川で優花が一生懸命摘んだものなんだ。小さいけど綺麗だろ。あの子、花が好きみたい。誰かに勧められてもいないのに、花が好きだったり、ピンクやキラキラした物を集めたり……不思議だよなぁ。この頃はさ、本当にハナに似てきたんだ。声や言葉遣い、仕草や癖も。優しいところも意地っ張りなところも、負けず嫌いなところもね。時々、本当にハナじゃないかって、驚かされるよ」

祐介は2人の姿を重ねて笑った。

「仕事はね、イイ感じ。勿論、まだまだだけどさ」

今年の春、大井町にオープンさせたカフェ『ｈｉｍａｗａｒｉ』。カウンター8席と4人掛けのボックス席が2つ。白樺材の色合いを基調としたロッジ風の造り。内装の半分は手作業で、時間を掛けて完成させた。立地条件は良いとは言い難いが、ランチタイムには地元の主婦や学生が集い、夜は食と酒を求めた客に支えられている。カフェで本格的な中華料理がリーズナブルに味わえると口コミで広がり、何とか軌道に乗れた。

「そう言えば、人を良くすると書いて食と読むんだって、大将に教わったよ。それだけは忘れずにいる」

祐介は微笑んだ。

「優花はね、何でも食べるよ。野菜も魚も。納豆が大好きで毎日食べるんだ」

顔はハナに似てくれと強く願ったが、周囲は父親似だと言う。嬉しいやら照れるやら、そして心配やら。

「そろそろ行くよ。ちょっと頼りないだろうけど、死に物狂いで頑張るからさ」

線香の煙が祐介の決意と共に大空へと昇る。

「じゃあ、また」

墓石を囲む小さな花群《はなむれ》。昔からそこに咲くハルジオンが、手を振るように風に揺れている。いつか、母となった優花が子供の手を引いて、此処を訪れる日が来るのだろう。墓石の中で眠る先祖達に向かって手を合わす、今の優花にそっくりな可愛い子供を連れて。


「色々と申し訳ございません」

祐介が本堂に行くと、優花は住職の膝の上で絵本を読んでもらっていた。

「それよりも、冷たいうちに」

祐介は軒に置かれた座布団に促された。

「いただきます」

冷たい麦茶で喉を潤す。寄棟造の本堂を風が抜けていく。

「今年も暑くなりそうですなぁ」

「はい」

「蟬は何故、鳴くのでしょうかねぇ」

住職は独り事のように呟き、玉砂利の奥にある松の木を見上げた。

「我々人間に、全力で生きる大切さを教えているのかも知れませんな」

そう言って、住職は口元を緩めた。

「しかし……改めてお子さんの成長は早い」

キッチンのシンクに入る程の小さなベビーバスで沐浴していた優花が、いまは赤い木の実のような口を開き、間違えながらも懸命に絵本の文字を追っている。

「そして……貴方も成長なさった」

偶然だが大将に続き、今日2度目の褒め言葉を祐介は貰った。首を振ると、住職は大きく振り返した。

「貴方は懸命に生きてきた。その肉体的にも精神的にも成長された姿を見る事が出来て、私は大変嬉しく思っています。貴方は若くして、お祖母様とお母様を亡くされました。そして、大切な方が……」

住職はそこまで言うと口を噤んだ。祐介は大丈夫です、という意味を込めて強く頷いてみせた。

祐介の意図を確認すると、住職は続けた。

「そんな悲しみを経て、父親として、確りと娘さんを育てていらっしゃる。でも、何か困った事がありましたら遠慮せず、いつでも訪ねてきなさい。私で良ければいつでも」

「ありがとうございます」

住職の穏やかな眼差しは目を合わせるというよりも、祐介の心に語り掛けているような少し伏せたものだった。

「そうそう、あの方はお元気ですかな？　六本木の中華の……」

「大蓮の大将の松岡さんですね、元気です」

数時間前も溌剌としていた。

「それは何よりです」

美保子を亡くした後、憔悴する祐介の代わりに、大将が葬儀や納骨などの手配をした。それ以来、大将は定期的に岸田家の墓を訪れていた。

「そう言えば、以前あの方が面白い質問をなさったなぁ」

「何でしょう？」

「もしも、人生をやり直す事が出来るとしたら、やり直しますかと」

「何てお答えになったのですか？」

「私は御仏に仕える身。生を全うし、修行の日々を送るのみです。そう答えました。優等生過ぎますかな」

「いいえ」

住職は口元を緩めた。

「では貴方なら？」

「私ですか……」

答える前に、自然と優花を見た、風が優花の柔らかい髪に触れた。

「やり直しません」

迷う事なく毅然と答えた。

「理由を訊いても？」

祐介は庇《ひさし》から望む、斜め上の空に向けて話した。

「今までの人生は辛い事ばかりでした。でも私を守ってくれた家族と私が守っていく家族に巡り合えました。たったその2つだけですが、私に人生の素晴らしさを教えてくれました」

住職は何度も頷いた。グラスには沢山の水滴が付き、溶け出した氷が丸く浮かんでいる。

「そろそろ行きます」

「そうですな」

「ご馳走様でした。娘までお世話になりまして……」

「また遊びにおいで」

住職は優花を膝の上から降ろした。

「しかし……」

住職は感心するような言い方で話し始めた。

「あの方と貴方は実によく似ている」

「大将と私がですか？」

「ええ、見た目ではなく……おっと、これは失礼」

住職はポンと膝を叩いた。

祐介は大将の代わりに笑った。

「どの辺が似ているのですか？」

「物腰の柔らかさと頑固なまでの信念。そして実に人間味に溢れている」

「私が……ですか？」

「人間味とは懸命さだと、私は思うのです。貴方にも、あのお方にも同じ匂いを感じます」

大将は確かにそうだ。

「迷ったら、あのお方の背中をご覧なさい。きっと正しい道が見つかるでしょう」

「はい」

「さようなら、優ちゃん」

住職は優しい眼差しで手を振った。優花もバイバイと元気な声を小さな都会の森閑に響かせた。

その手はハルジオンのようだった。

「優花」

「なぁに」

「肩車してあげる」

「うん！」

優花は肩に飛び乗った。柔らく軽やかな身体にも、少しずつ成長の重みを感じる。あとどれ位の時間を、こうして2人きりで過ごせるのだろう。

「たかい、たかーい」

優花は手をバタバタとさせた。

「肩車好き？」

「うん！　ぱぱは？」

「……うん、好きだよ」

「いっしょね」

「一緒だね」

石段の下から上昇気流のような、生温かい風が吹いてくる。眼下には熱を帯びた街並みが広がっている。

「ぱぱぐるま、はっしん」

「パパ車、発進」

「わーい」

優花は両手を翼のように広げ、全身に風を感じながら笑い声を響かせた。その笑い声につられて祐介も笑う。その笑い方が、あまりにもハナに似ていたものだから。


山手線の車内。祐介の膝の上で優花は静かな寝息を立てている。車内が揺れる度に金糸のような髪から甘い香りが漂い、祐介はそれに癒されていた。

「ぱぱ」

やんわりと目覚めた優花は汚れなき黒目を、メレンゲのような指で擦りながら顔を上げた。

「おおきくなったら、ぱぱのおよめさんになってあげる」

「あ、ありがとう」

乗客達の視線を一気に浴びた。突然の娘の告白に照れながらも、優花を優しく抱き締めた。

「夜ゴハン、何食べたい？」

優花を抱き、ホームに降り立つ。不快な熱気が足元から立ち込める。

「ればにら」

夏の青空のように澄んだ優花の瞳の奥に、一瞬ハナを感じた。

「レバニラ？」

「うん」

「どうしてレバニラがいいの？」

「ぱぱ、すきでしょ？」

今の語尾の上がった感じがハナそのものだった。

「ゆうちゃん、あるく」

改札口に流れる人の群れの方に逸れぬよう、優しくも確りと手を繋ぐ。渋谷で過ごしたクリスマスイヴの夜、ハナにもしてあげたように。


エレベーターを降りる。窓から射す強い西日が廊下に反射して、陽だまりを浮かべている。3つ目の角を曲がる。我慢出来なくなった優花が、サンダルの音を響かせた。

「走っちゃ駄目だよ」

誰も居ない廊下。夕食を積んだ配膳のカート。突き当たりの左側。

優花がドアを開ける。その横顔に花が咲く。祐介もその美しさに見惚れた。

西日に左の頬や髪を金色に染め、その輪郭を包む産毛は真綿のようで幻想的だ。長い睫毛が僅かに伏せられている。薄茶色の瞳が、優花の髪に落とされている。細い指先はアルピスタのようにしなやかで、柔らかな髪を優しく愛でる。優花は膝の上で甘え、優しさに微睡んでいる。

鼻先が祐介に向けられる。右の頰を擽る短い髪。それを耳に掛けると、大きな黒目を動かし、口角を上げた。祐介はハナの左手に握られた優花の摘んだ草花の邪魔にならぬよう、リボンの巻かれた花束を差し出した。

「誕生日おめでとう、ハナ」

リングがすり抜けてしまう程に細くなった指先でハナは受け取った。

「明日から歩行のリハビリなんだってね」

ナースセンターに居た看護師が教えてくれた。

「りはびり？」

「歩く練習だよ」

「まま、しゅごいね」

「でしょ」

「おさんぽいける？」

「練習すればね」

優花は手を叩いて喜んだ。

「こうえんは？」

「行けるよ」

「おすなばあそびしたーい」

優花はハナの手を揺らした。ハナは笑顔で頷いた。

「かぞくでいこうね」

「うん、家族3人で行こう」

2人の手を握る。ハナは短く切り揃えた髪を揺らして何度も頷いた。そして堪え切れず、静かに涙を流した。

「まま、どしたの？」

突然の涙に優花はハナの顔を覗き込んだ。ハナは口を強く噤んで、無理に笑って見せたが、涙を止める事は出来なかった。

「ママ嬉しいんだって。優花と公園に行けるから」

「まま、なかないで」

優花は精一杯腕を伸ばして、ハナの髪を優しく撫でた。

「いーこ。いーこ」

まるで天使の羽で髪をとくように優花は繰り返した。

「まま、だいじょーぶよ」

ハナは優花のおまじないに、懸命に微笑んで見せた。

ハナは事故の後遺症で言葉を失っていた。物心ついた優花は、ハナの声を耳にした事がなかった。

祐介は暫くの間、2人が語らずとも、心通わす時間を見守り続けた。そこには本当に言葉など必要なかった。

優花は多摩川の土手に咲く花の美しさ、そこに集う蜜蜂が怖かった話、大将に会ってアイスを貰ったけど本当はソーダ味が良かった事、住職が抱っこしてくれた事などを、身振り手振りを交えて表現した。

ハナはそれに対して頻りに頷き、続きを促すような仕草を織り交ぜ、言葉以外で応えている。傍から見たら一方的に映るかも知れないが、２人は〈会話〉を楽しんでいた。その声にならぬ声は、耳に届かぬ想いは、何故か話せる者同士よりも弾んでいるように思えた。祐介は２人の邪魔にならぬよう、窓際へ向かった。

一命を取り留めたハナは長い昏睡状態の末、手厚い看護と支援のお陰で、漸く目を覚ました。だが、左半身麻痺と失声症という後遺症を負った。

祐介はハナをこんな目に遭わせてしまった自分の運命を呪った。そんなハナは祐介に一切辛い顔を見せなかった。

「ゆうちゃん、おみずあげる」

優花は水の入った花瓶を手にした。咲き誇っていた花々はその役目を果たし、花瓶の中で静かに眠っている。

「おはなさん、ばいばい」

優花は謝りながら、枯れかけの花をゴミ箱に捨てた。全ての生物は、いつの日か必ず役目を終え、その命のリレーは次世代に引き継がれ、また新しい花が咲く。

「手伝うよ」

「できるもん」

覚束ない足取りで慎重に運んでいるが、今にも指から花瓶が滑り落ちそうで、祐介はそっと歩み寄った。ドアノブに目を向けた、その時だった。気を取られた優花は手を滑らせた。

「危ない！」

間一髪、花瓶が床に落下する直前で、祐介はキャッチした。少々花瓶の中の濁った水が溢れたが、破損は免れた。

祐介は逸る気持ちを抑えた。目をギュッと瞑ったまま、下を向く優花の前で片膝をつく。花瓶を床に置き、優花の両肩に手を乗せる。怒られると思っているのか、優花は身体をビクッとさせただけで、決して目を開けようとしない。

「大丈夫。目を開けてごらん」

怒る理由がない。優花はゆっくりと目を開けた。優花のプライドを傷付けぬよう、言葉を選んだ。

「わざとじゃないんだし、割れなかったんだから。お手伝いしようとする気持ち、凄く嬉しかったよ。次はきっと平気だから、これからお水の交換は優花のお仕事でいい？」

「うん」

優花はこくっと頷き、ハナを見た。

ハナは大きく開いた瞳を潤ませ、胸に手を当て、呼吸を整えようとしている。花瓶が優花の手から滑り落ちたその瞬間、奇跡が起きた。いや、優花が奇跡のきっかけを作った。

「まま、しゃべったね」

優花は不思議そうに言った。優花の指から花瓶が滑り落ちた時、ハナは危ないと叫んだ。ハナは胸に当てていた手を喉の方にそっと添えて、小さく頷いた。目に溜めていた涙が溢れ落ちる。

祐介は静かな歓喜に心を震わせながら、花瓶をテーブルに置いた。

「ハナ……」

左腕で優花を、右腕でハナを抱き締めた。何か伝えようと口を開いたハナに言った。

「大丈夫。今は何も……」

ハナの美声をもっと聞きたいし、優花にも聞かせてあげたいが、突然の発声は声帯に負担が掛かるのではと、祐介は慎重を期した。担当医に報告してからでも遅くない。

奇跡が起きたのか、起こしたのか、実際は分からないが、出口の見えなかった長いトンネルの向こうに、小指の爪程の光が見えたのは確かだ。

腕を緩めるとハナは静かに顔を上げ、唇をアリガトウと動かした。そして優花の耳元に口を寄せると、声帯を守るように何やら呟いた。

「うん、ゆうちゃんもだあいすき!」

優花はハナに抱き付いた。祐介は病室で初めて泣いた。

「ぱぱ、だいじょうぶよ」

優花に頭を撫でられた祐介は泣きながら笑った。そして、血の滲むようなリハビリの毎日を乗り越えた2ヶ月後、遂に退院の日を迎えた。


「大変お世話になりました」

「おめでとう」

担当看護師の平野は目尻を光らせた。

「良かったね、優ちゃん」

平野は腰を曲げて優花の肩に手を添えた。優花は両手を重ねて礼を口にした。

「ははが……たいへん、おせわです」

祐介は直ぐに耳打ちした。

「おせわに……なりました」

優花は練習の成果を発揮して頭を深々と下げた。

「あらま、わざわざご丁寧に。こちらこそ色々お世話になりました」

平野はハグした。以前、優花と同い年の孫が静岡に居ると言っていた。

「平野さん、本当にありがとうございました。私……本当に……何てお礼を言ったら……」

ハナは自らの声で入院当初から献身的に看てくれた平野に礼を伝えた。平野は常に愛情を持って叱咤激励していた。

「よく頑張ったわね……」

2人は抱き合った。

「まぁ永遠の別れじゃないしね。出来れば病院では会いたくないけど」

平野はそう言うと、ハナの頭を撫でた。

「ちなみに来週、経過観察で来ます」

祐介の一言に2人は笑いながら目尻を拭った。

ハナは敷地を出る前に、長期間過ごした病院を見回した。沢山の人が関わり、彼らに支えられてきた。だが、全てがクリアになった訳ではない。これから始まる生活の中で、対応し切れぬ事態が起こるかも知れない。事実、ハナは車が通り過ぎる度、特に背後から迫る車の音に対して、異常なまでに身体を硬直させていた。

「祐介……」

「ん？」

「ありがとう……」

「何だよ、急に……」

間に優花を挟んで繋ぐ手からも、ハナの気持ちが祐介に伝わった。

祐介は道の先に揺れる常緑樹に目を細めた。

「まま？」

「なぁに？」

「こうえん、たのしみね」

「うん、楽しみね」

白樫の隙間から溢れた夏の陽射しの欠片《かけら》。

手を繋いだ3人の影。普通に流れていく平凡な日常が、美しく、愛おしいという事に、祐介は気付かされた。

思えば、細く険しい道無き道を歩んで来た。舗装されていない茨の道。夢中で走り抜けた道も、振り返れば幾つかの花が咲いていた。

その未知の途中で最も輝く大輪の花……それが横で微笑むハナだった。そのハナとの間には可憐に咲く優花が居る。

この2つのかけがえのない花を枯らす事なく、風雨から守り、命尽きるその日まで咲き誇らせると祐介は誓った。

「祐介」

「ん？」

「何考えてたの？」

「別に……」

「悪い事、考えてたでしょ？」

「まさか」

「おてんとさま、みてるからね」

優花がハナの代わりに言った。その言葉に祐介は一瞬足を止めた。ハナがこっそり優花に教えていたようだ。

「ママに聞いたなぁ？」

祐介は優花の脇腹を指先で突く真似をした。優花は黄色い声を上げ、祐介の手を逃れ、ハナと先へ向かった。

公園までの道程。降り注ぐ陽射しはアスファルトに吸収され、短い陽炎に姿を変えながら、行き交う者の足元を揺らす。

陽炎の向こうに咲き誇る向日葵が、進むべき方向を示す道標のように、風に揺れ、優しく手招きした。

装丁　米谷テツヤ
装画　中川陽葵

〈著者紹介〉
中川秀樹(ペナルティ・ヒデ)　1971年千葉県生まれ。名門・市立船橋高等学校サッカー部に所属し、2年生からレギュラーとして活躍、全国高等学校サッカー選手権大会準優勝とインターハイ優勝を経験。Jリーグからスカウトを受けるほどの実力だった。その後、高校・大学の後輩であったワッキーと1994年2月にお笑いコンビ「ペナルティ」を結成。バラエティ番組やスポーツ番組、全国各地の劇場を中心に活動中。他著に小説「四季折々　アタシと志木の物語」がある。

本書は書き下ろしです。原稿枚数629枚(400字詰め)。

いつか、あなたと
2018年10月25日　第1刷発行

著　者　中川秀樹(ペナルティ・ヒデ)
発行者　見城 徹

発行所　株式会社 幻冬舎
〒151-0051 東京都渋谷区千駄ヶ谷4-9-7

電話:03(5411)6211(編集)
03(5411)6222(営業)
振替:00120-8-767643
印刷・製本所:株式会社 光邦

GENTOSHA

検印廃止

ISBN978-4-344-03374-0 C0093
幻冬舎ホームページアドレス　http://www.gentosha.co.jp/

この本に関するご意見・ご感想をメールでお寄せいただく場合は、comment@gentosha.co.jpまで。